なんよう文庫

六月二十三日 アイエナー沖縄

大城貞俊

OSHIRO Sadatoshi

インパクト出版会

目次

六月二十三日　アイエナー沖縄

護《ご》郷《きょう》隊

一九四五年六月二十三日のことだ。

その日は、沖縄守備軍第三十二軍の司令官、牛島満《うしじまみつる》中将と長勇《ちょういさむ》参謀長が摩文仁《まぶに》の壕で自決した日だ。沖縄戦における日本軍の組織的な戦闘はその日で終わったとされている。しかし、ぼくらはまだ戦っていた。最後の一兵まで戦えと檄を飛ばされていた。

ぼくは十七歳。戦争の大局が分かるわけがない。沖縄本島北部の恩納村《おんなそん》の山中でのことだ。ぼくは、与那嶺《よなみね》を殺せと言われたんだ。そんなことができるわけがない。

「できません」

そう言うと、小橋川《こばしがわ》小隊長の大きな拳《こぶし》が、ぼくの顔面に飛んできた。ぼくはよろめきながら尻餅をついた。唇が切れ鼻血が出た。ぬるっとした感触が口の中に充満した。気分が悪くなって、口の中で粘りついている血を吐き出した。血と一緒に、欠けた歯が二つ小さな米粒のような形をしてぼくの掌に乗った。痛くて声を上げそうになった。

「貴様、こんなことだから、いつまでも一人前の兵士になれないんだ。これでは戦争に勝てないぞ。貴様は、死を賭けて郷土を守る気概があるのか。貴様たちは、選ばれた精鋭の護郷隊《ごきようたい》なんだ。肝っ玉を据えろ！」

立ち上がったぼくの脇腹に足蹴りが飛んできた。ぼくは一瞬息ができずに前かがみになった。さらに正面から大きな軍靴で蹴り上げられた。靴先がお腹に食い込み、身体が突き上げられた。ぼくは悲鳴を上げて、再び背後に倒れた。後頭部を強打して一瞬目が眩んだ。

仰向けになったぼくの正面に小橋川小隊長の顔が、大きく押し寄せてきた。襟首を掴まれて引きずられるようにして立たされた。

「気をつけ！」

小橋川小隊長の命令に、ぼくは反射的に両手を体側に添えて直立した。

「もう一度言ってみろ！」

「……」

「もう一度言ってみろってんだ」

「……できません」

「このクソ餓鬼が！」

今度は大きな平手が、ぼくの右頬を打った。耳の奥にがーんと激痛が走り、じんじんと唸《うな》り続けた。ぼくは必死になって痛みを堪《こら》え、なおも直立の姿勢を保ち続けようとした。続いて二度、三度と左右の頬を殴られた。やがて目がかすみ、視線が定まらなくなった。脚の力を失い、ふらふらとよろめきながら倒れた。気がついたときは、兵舎の中だった。

朦朧とした意識の中で、頭を少し上げ視線を巡らして辺りを見る。やはり兵舎の中だ。間違いない。いつもの自分の寝る場所に横になっている。ぼくは生きている。ぼくを取り囲んで、伊波《いは》、金城《きんじょう》、具志堅《ぐしけん》の三名が心配そうな顔をして覗き込んでいた。

「比嘉《ひが》、おい、大丈夫か……」

ぼくの名前は比嘉正雄《まさお》。声を掛けてくる伊波の声が、なんだか聞き取りにくい。まだ耳の奥に痛みが残っている。それでもぼくは答える。我慢することはぼくたちの美徳なんだ。

「うん、大丈夫だ……」

ぼくの言葉に、伊波と共に心配そうに覗き込んでいた金城と具志堅が、安心したように小さな笑みを浮かべた。

兵舎の中で与えられたぼくたちの寝場所は、三畳ほどの狭い空間だ。それも冷たい地面の上に、それぞれが木の枝葉を切ってきて敷き、粗末な寝床を作っていた。

山中の兵舎は四棟。どれも草葺で木の陰に隠れるようにして建てられている。護郷隊の若い兵士たちが建てたものだ。一棟は上官たち、残りの三棟は、護郷隊員が出身地域ごとに割り当てられて使用している。使用していると言っても、雨露を凌ぐだけの粗末な小屋で、眠るのに使うだけだ。

そんな兵舎の中で、第三兵舎は本島北部の大宜味村《おおぎみそん》、国頭村《くにがみそん》、東村《ひがしそん》の各地域から集められた護郷隊の少年兵たちが身を寄せあって暮らしている。少年兵たちの多くは、昼間の疲れのせいか、どっと押し寄せてきた睡魔に取り付かれて寝入っている。

兵舎の中央には小さなランプが吊り下げられている。しかし、炎は小さくすぼめられているために兵舎の中のすべてを照らすことはできない。兵舎の外は、どうやらもうすっかり暗くなっているようだ。何時間ほど気を失っていたのだろうか。時間の感覚が吹っ飛んでいて不安になる。

ぼくと、伊波、金城、具志堅、そして与那嶺の五名は同じ大宜味村の出身で与那嶺とは学校区も同じだ。ぼくと、伊波、金城の三名は十七歳、第一次の召集で一緒に護郷隊へ入隊した。具志堅と与那嶺は第三次の召集で年齢も引き下げられて、十五歳での入隊だ。

第一次召集のぼくたちは、一九四四年十月十五日に召集令状が来て、二十五日に入隊した。二十五日のその日、ぼくたちは故郷の人々に見送られて集合場所の名護《なご》国民学校へ向かって出発した。故郷の大宜味村からは徒歩で半日がかりである。

その日は、ぼくたち以外にも本島北部の全域から、召集令状を受け取った十六歳から十八歳の少年たちが集まってきた。この召集は、沖縄県立師範学校の生徒たちが学徒隊として召集され「鉄血勤皇隊」を編成するより半年余も早い召集だった。

運動場に整列させられた総勢六百人余の隊列は壮観だった。どの顔も、郷土を守り沖縄戦を遂行する気概に溢れていた。勝利さえ信じたのだ。

それは、ぼくだけの感慨ではない。その日、集まった多くの少年たちの感慨であった。圧倒的な数の仲間たちの姿を見て血が滾ったのだ。

しかし、ぼくたちは、まるで井の中の蛙だった。戦う敵の戦力さえ知らなかった。もちろん味方の戦力も知らなかった。兵器さえ見たことのない者がほとんどだったのだ。

護郷隊と呼ばれて召集されたぼくたちは、大隊を二隊に分割されて編成された。第一護郷隊は、今帰仁村《なきじんそん》、羽地村《はねじそん》、名護町《なごちょう》、久志村《くしそん》、金武村《きんそん》、宜野座村《ぎのざそん》、本部町《もとぶちょう》などの少年たちだ。ぼくたちが配属された第二護郷隊は、大宜味村、国頭村、東村の三村で編成された。

大隊は大隊長が統括した。第一護郷隊の大隊長は村上治夫中尉、第二護郷隊の大隊長は岩波寿中尉である。大隊は、それぞれ四つの中隊で編成された。四つの中隊長は陸軍中野学校出身の将校が配属されていた。中隊の下には小隊が置かれ、それぞれ四〜五隊の小隊を併せて中隊になった。小隊長は地元の軍人や退役軍人などが再徴用され指揮に当たった。

小隊の下には、さらに分隊が置かれた。各分隊は、それぞれ同一地域の出身者たちを集めて組織されるのが基本だった。その分隊を四～五隊併せて小隊としたのである。ぼくたち五名は同じ村の出身であったから同じ分隊に属していた。また、大隊長の下には本部つきの軍曹が数人置かれていた。そしてその地位には地元出身の軍人などが当てられた。

護郷隊の組織が、末端の分隊まで整えられた用意周到な組織である理由は、ぼくたちにもすぐに理解できた。護郷隊は北部の山々での戦闘を企てる遊撃隊、すなわちゲリラ部隊であったのだ。

ゲリラ部隊は、既に東南アジアの戦線で結成されていた。第一遊撃隊、第二遊撃隊と呼ばれ、ゲリラ戦を開始していたのだ。沖縄戦で結成された第一護郷隊、第二護郷隊の別名は、第三遊撃隊、第四遊撃隊である。護郷隊とは隠匿名であったのだが、ぼくたちには、どうでもいいことだった。ぼくたちにとって大切なことは、兵士としての任務を遂行することだ。東南アジア各地で戦っている遊撃隊の活躍は、どれも勇敢なものだった。その隊は正規の兵士たちで結成されていたが、ぼくたちは兵役年齢にも達しない少年兵だ。迫り来る沖縄での地上戦に備えて、兵役年齢を引き下げて召集された部隊だ。さらに戦況が逼迫してくると、志願兵として十四歳の少年たちをも召集した。それでもぼくたちは正規の兵士に対抗心を燃やした。負けてなるものかと。召集後に戦地でも続けられた厳しい訓練にも必死に耐えた。大和魂《やまと》を叩き込まれ死をも恐れなかった。

ゲリラ戦を行うには少人数の行動が重要であり、分隊や小隊の組織は任務を遂行するためには都合がよかったのだろう。また北部地域でのゲリラ戦であるがゆえに、土地の地理に詳しいぼくたちが召集されたのである。

しかし、ぼくたちは分かっていた。村にはもう兵士として召集される人々は残っていなかったのだ。ぼくたちの父や兄や、そして先輩たちは、既に正規の兵士として召集されていた。また、沖縄戦においては二十歳から四十歳までという当初の徴兵年齢を十九歳から四十五歳に拡大し、防衛隊としての召集も既に始まっていた。村には、ぼくたち少年だけが戦える要員として残っていたのだ。もちろん、ぼくたちは郷土を守る戦闘員になれることを誇りに思っていた。

召集は、第一次、第二次、第三次と続いた。ぼくと伊波と金城の三名は第一次の召集、具志堅と与那嶺は第三次の召集である。その間には第二次の召集があった。第二次の召集は、ぼくたちの第一次召集より四か月ほど遅れた一九四五年二月二十八日に行われた。中隊長や将校たちが北部の各村を巡って少年たちを召集したのである。

具志堅と与那嶺が召集された第三次召集は、それよりさらに一か月遅れの一九四五年三月二十六日である。この召集は、主に県立第三中学校の生徒らが召集された。具志堅も与那嶺も第三中学校の三年生で、わずかに十五歳であった。その年の一月に召集年齢が引き下げられていた。いわゆる「根こそぎ動員」と呼ばれる召集である。また志願兵と称して十三歳の少年をも動員していた。沖縄県民全体が軍と一体となって戦争に突入する体制の一つである。

第一次召集の際には、軍服や銃も与えられた。ぼくたちは数か月間兵士としての訓練も受けた。帯剣も許され、三人で故郷へ一時帰省したときは、軍服を着け、帯剣をして村に帰った。なにか大人になったような気分になり誇らしかった。幼い少年たちが背後に付きまとい、憧れの目つきでぼくたちを仰ぎ見る視線を感じて、さらに胸を張って堂々と村を闊歩した。

護郷隊の隊員は青年兵とも呼ばれた。実際、隊員の中の年長者からは時々正規軍へ引き抜かれて再召集される者もいた。

ぼくたちと違って、第三次の召集で入隊した具志堅と与那嶺は、兵士としての訓練も受けていなかった。正規軍の穴埋めをした護郷隊員の、さらなる穴埋めの要員だった。戦闘能力の有無は、まったく関係がなかった。実際、与那嶺や具志堅の話を聞いて、ぼくたち三名は驚いた。彼らは次のように言ったのだ。

「訓練の期間はわずかに四日間でした」

「軍服は全員に支給されましたが、小銃は三人に一銃でした。銃剣は鍛冶屋で矛を作ってもらい、各人が川辺で砥石《といし》で磨きました」

「磨いた矛を樫の柄の先に括りつけました。これを槍として使い、敵兵を殺せと言われました」

ぼくたちは、与那嶺や具志堅が持っている槍を見て驚いた。これで戦争に勝てるのだろうかと不安になった。彼らも不安であっただろう。しかし、だれもその不安を口には出さなかった。十分な兵器だと互いに激励しあった。

そんな粗末な兵器しかもたないぼくたち護郷隊を、上官たちは、選ばれた者、志願した者、郷里を守るために一命をも惜しまぬ勇気ある青年兵士と讃えたのである。栄えある護郷隊と呼び士気を鼓舞していた。ぼくたちにも、やがて志願したのか、徴兵されたのか、分からなくなっていた。

しかし、ぼくたちは、上官の期待に応えよう、国家のために奉仕しようと、厳しい訓練にも耐えた。実際、死をも厭わなかったのだ。

でも、与那嶺を殺すことはできない。敵を殺すことはできるが、与那嶺は味方だ。同じ護郷隊員だ。ぼくは十七歳で、分隊で最年長だったから分隊長に任命されていた。だから、ぼくに命令が下ったのだ。

「与那嶺は？」

ぼくは徐々に落ち着きを取り戻し、気になっていた与那嶺のことを尋ねた。だれも答えない。

「与那嶺はどうなった？」

ぼくが気を失う前、与那嶺は両手両脚を縛られて樹にぶら下げられるようにして括られていた。両手を頭上で拝むような姿勢で枝に吊るされ、足先が地面に届くかどうかという窮屈な恰好を何時間も強いられていた。

「与那嶺を殺せ！」という理由は、こうだった。数日前に出会った米兵との遭遇戦で、米兵に見つかった原因を作り、さらに銃の引き金を引かなかったというのだ。ぼくらの分隊を含めて三分隊が小隊長と一緒に、米軍が野営するキャンプ地へ奇襲攻撃に出かけた。その途中で、米軍兵士と遭遇したのだ。ぼくたちは素早く身を隠したが、小隊長が狙撃されて死んだ。その原因は与那嶺にある。与那嶺が身を隠すのが遅れ、敵兵に見つかったからだというのだ。このことを上官たちに責められた。とりわけ小隊長の小橋川は激怒した。同僚の小隊長が戦死した悲しみや怒りも背後にあったかもしれない。

与那嶺は、この理由で一週間独房に入れられた。しかし、それだけでは終わらなかった。引き金を引かなかったのは敵前逃亡と同じだとみなされ、今後の統制を維持するためにも銃殺する、と言うのだ。その役目を二歳年上で分隊長のぼくに押し付けたのだ。

「与那嶺はどうなった？」

「……」

「与那嶺はどうなったんだ！」

ぼくは、思わず声を荒げた。

「死んだのか？」

だれも答えない。三人は目を伏せて口を閉ざした。

「まさか……」

ぼくの言葉も震えている。徐々に身体も震えてきた。確かに、与那嶺は他人から見れば銃の引き金を引くのに躊躇したように見えたかもしれない。しかし、それは与那嶺の言うように、銃の扱いにまだ慣れていなかったからだ。他の分隊の兵士から銃を借りての参加だった。一瞬の不手際がそのように思われたに違いないのだ。

与那嶺は、その利発さから、小隊長に可愛がられていた。いつも小隊長の傍らにいた。戦場でも、小隊長に保護されるように小隊長の傍らで身を伏せていた。

「与那嶺は殺されたのか？」

ぼくのその問いに、三人は答えることなく顔を伏せ、肩を落として頭を垂れた。拳を握り締め、涙をこぼしている。

ぼくは観念した。起こしていた身体を再び横たえて目を閉じた。与那嶺は見せしめのために殺されたのだ。涙がこぼれてくる。必死に守ろうとした与那嶺の命が消え去ったとは考えたくなかった。

与那嶺とは同郷であるだけでなく、家が隣同士だった。二つ年下の与那嶺は、ぼくを兄のように慕っていた。何をするにも一緒だった。一緒に遊び、一緒に学校から与えられた宿題もした。遊ぶことは、ぼくが得意だったが、勉強は与那嶺が得意だった。ぼくの宿題さえ、与那嶺が手伝ってくれることがあった。ぼくの家で一緒の寝床に入り、一緒に眠ったこともある。一緒に夢を語ったこともある。与那嶺は教師になりたいと言っていた。

与那嶺の死を、与那嶺の母さんにはどう告げればいいんだろう。与那嶺の母さんは、半年ほど先に護郷隊に入隊したぼくを頼って、与那嶺に手紙を託していた。、息子をよろしく頼みますと……。与那嶺の母さんの泣き出しそうな顔が目に浮かぶ。アイエナー（ああ）、どうすればいいんだろう。

「……大丈夫です」

「ええっ？」

「……与那嶺は、殺されてはいません」

「独房に戻されています」

伊波が、金城と具志堅の顔を見つめ、同意を得るように小さくうなずきながらつぶやいた。

「本当か？」

「……はい」

「本当だな？」

「はい」

「そうか……、よかった、安心した。一気に身体の痛みが取れたような気がするよ」

ぼくは、涙をこぼしそうになった。今度は、うれし涙だ。慌てて手で拭《ぬぐ》った。

口の中がネバネバしている。指先で拭うと赤い血がついた。傍らから手ぬぐいを取り寄せて、何度も何度も、口の中に溜まっている血を拭った。

「……」

突然のことだった。伊波が何か話したような気がするが急に聞きとれなくなった。三人が何事かをぼくに説明しているのだが、三人の言葉が聞こえない。与那嶺のことを言っているようだが、自分の言葉も聞こえなくなった。

「……」

やはり聞こえない。

「どうしたんだって？」

ぼくはそう言ったんだが、三人に届いているだろうか。ぼくの言葉も、うおーん、うおーんと耳鳴りのように響くだけだ。

三人の驚いた表情が薄明かりの中でも、おぼろげに見える。ぼくの鼓膜が破れたのだろうか。両方の耳が聞こえなくなった。

「……」

やっぱり聞こえない。頭を強く振る。

その時、兵舎の中に鹿川《かがわ》中隊長が入ってきた。皆は一斉に起き上がって整列をする。ぼくも慌てて起き上がった。

「……」

鹿川中隊長は仁王立ちになり、訓示を述べたような気がした。そしてぼくを見つけ、ぼくの前に寄って来ると何事かを告げた。

「……」

「はい、大丈夫であります」

ぼくは、訓示の意味を解さないままにそう言って敬礼をした。

鹿川中隊長が出て行った後、兵舎の中は騒然となった。伊波をつかまえて問い質した。どうやら早朝に敵の兵舎に切り込みに出る。その命令を下したと言うのだ。ぼくの前に来て、「貴様は残れ」と言ったのだが、ぼくは「大丈夫です」と答えたのだと……。

ぼくに悔いはなかった。耳が聞こえなくなった今、戦争が終わって故郷へ帰っても、不自由な思いをするだけだ。切り込むことに躊躇はなかった。

ぼくには分かっている。伊波たちは、ぼくを安心させるために、与那嶺の死を隠しているのだ。与那嶺は銃殺されている。もう死んでいる。だれに銃殺されたのだろう。四人は、なんだか口裏を合わせているようにも思われる。

早朝の切り込みは、あるいは失敗に終わるかもしれない。ぼくはそれでも満足だ。ぼくは選ばれた護郷隊なのだ。ぼくは銃を点検した。銃身に剣を付け、切り込みの準備をした。ぼくたちの分隊、伊波も金城も具志堅も、みんなが切り込みの準備をしている。ぼくたちは、だれも死を怖がらなかった。

ぼくは、金城に声を低めて言った。

「この切り込みでだれかが死ぬ。もしぼくが死んだら、与那嶺の母親に伝えてくれ。与那嶺を守ることができなかった。ごめんなさいと」

「……」

「再び戦争が起こるようなら、村に残っている弟たちに伝えてくれ。絶対に戦場に行くなと」

「……」

金城は、ぼくに何事かを告げたが、ぼくにはもう何も聞こえない。

きっとぼくには、米兵の撃つ銃声も聞こえないだろう。引き金を引く前に撃たれるかもしれない。でも、銃声を聞かずに、恐怖を覚えることもなく死が訪れるのは、神様がぼくに与えた特権かもしれない。この特権を逃したくはない。むしろ感謝すべきなんだ。

ぼくは苦笑した。口の中の血を、再び手で拭った。

ぼくは、傍らで銃を持って立ち上がる伊波を見た。伊波の傍にぼくも立った。ぼくは分隊長だ。みんなの模範とならなければならない。第二護郷隊の戦場は恩納岳《おんなだけ》だ。故郷の大宜味村からは遠く離れている。願わくば故郷の山で死にたかった。このことは、軍の作戦上、やむを得なかったのだろう。

ぼくは護郷隊で戦ったことを誇りに思っている。銃声を聞かずに、引き金を引かずに死ねることを、有り難く思っている。

ぼくは護郷隊なのだ。故郷を護るために選ばれた兵士なのだ。ぼくが十七歳で人生の幕を閉じても戦いはまだ続く。さようなら、ぼくの人生、会えないままのぼくの未来、ぼくの恋人、ぼくの母さん、そして、もう死んでいるかもしれない父さんと兄さん……。

ぼくの身体からも父さんや兄さんと同じ赤い血が流れるんだ。そして、ぼくはやがて戦死者として記録されるのだ。さようなら、家族を作れなかったぼくの短い物語。さようなら……、そして、さようなら。

2

声

一九五五年六月二十三日のことです。

戦争が終わって十年、あたしは戦後生まれでまだ六歳だった。お母ちゃん、助けてえ、お父ちゃん、助けてえ、痛いよう、痛いようって、あたしは大きな声で泣いたよ。でも、大きな声よりもさらに大きな手が、あたしの口を押さえつけたんだ。

手はとってもとっても大きかったよ。チッパンガアサー（ツワブキ）の葉よりも大きかったよ。その手で、あたしの顔全部を押さえつけたんだ。目も鼻も口もだよ。あたしは息ができずに苦しかった。いっしょうけんめいに、いやいやをして、手を払おうとしたよ。すると、指の間から見えたんだ。牛みたいな大きなアメリカさんが、あたしの体の上に乗っているのがね。

あたしは痛くて痛くて、とっても我慢ができなかった。やめてえ、助けてえ、って言ったけれど、言葉が通じなかったんだろうねえ。アメリカさんは大きな息を吐きながら、あたしのオチンチンを触ることをやめなかったんです。

あたしは強く首を振って、大声を上げたよ。でも、やがて声も出なくなった。小さな息だけが出たよ。息は見えなかった。音がしたんだ。スースーハーハーという音が聞こえたんだ。あたしは、すぐに顎の骨も折れて、口の中の小さな歯も、みんなもげてしまった。

あたしの助けてえ、助けてえ、って声は、だれにも届かなかったんでしょうね。あたしだけに聞こえたんだよね。あたしは自分の身体が壊れる音をいっぱい聞いたよ。あちらこちらから音がしたんだ。バキッ、バキッって股が引き裂かれる音も聞いたよ。

あたしは、痛いようー、嫌だよーって、精いっぱい抵抗したけれど、声はもう出なかった。たぶんもうそのとき、あたしは死んでいたはず。

あたしは大きなアメリカさんの手と足で、カエルのように股を広げられて身体を引き裂かれたんだ。だって、あたしのオチンチンは小さいんだよ。小指の一本も入らないんだよ。大人の男の人のオチンチンを入れるには、あたしの脚を捕まえて、股を引き裂く以外になかったんだよ。ね？　そうでしょう。あたしは六歳だよ。

あたしはね、アメリカさんのオチンチンが入ってきそうになったときね、アメリカさんの手を強く噛んだの。でも、力はもうなくなっていた。口を開けて、池の鯉《こい》さんのようにぷかぷか、ぷかぷかと息をしていただけかもしれない。口からは、ぬるぬるとした赤い血がよだれのように流れてきたのは分かったよ。あたしのオチンチンからも赤い血が流れているのが分かったよ。あたしはもう死んでいたから、アメリカさんのオチンチンがあたしの傷口に押し入ってきたかどうかは、よく分からないよ。

でもね、痛みだけは、痛みだけは、ずーと、ずーと感じたままだった。身体が全部死んでも痛かった。腕も、背中も、お腹も、頭も、みんな痛かった。特にあたしの小さなオチンチンは、とっても、とっても痛かった。大きな手と脚で股をこじ開けられて、ヒゲの生えた大きな口で、あたしのオチンチンは嚙み切られたんだよ。

あたしは半分死んでいたときだけでなく、全部死んでしまった後にも、きっと、痛いよー、痛いよーって、悲鳴を上げていたと思うよ。お父ちゃんや、お母ちゃんには、あたしの悲鳴が届かなかったんだね。町の人たちにも届かなかったんだね。沖縄の人、全部にも届かなかったんだね。虫さんにも鳥さんにも花さんにも、あたしの大好きな蝶々さんにも、助けてぇ、助けてちょうだい、って言ったんだよ。でもあたしの声は小さいから、だれにも届かなかったんだね。

あたしの声が届いても、お父ちゃんや、お母ちゃんたちは、何もできなかったはずね。あんな大きな牛のようなアメリカさんと戦っても勝てないもんね。戦争でも負けていたしね。あたしを助けようとして逆に殺されたら、お父ちゃん、お母ちゃんが可哀相だもんね。

あたしの声が届かなくてよかったかもしれない。あたし一人が死んだだけでよかったかもね。どうしようもなかったんだよね。アメリカさんは強い国の人だし、沖縄はもう日本ではなかったからね。だれにも助けてもらえないんだよね。

えーっとね。あたしは、あの事件の少女ではないよ。あの事件のこと知っているでしょう。アメリカさんにゴウカンされて嘉手納《かでな》の塵捨て場で捨てられた少女の事件さ。あの子の名前は由美子《ゆみこ》。あたしの名前は、百合子《ゆりこ》っていうの。百合のような美しい女になってねって、お母ちゃんがつけた名前だよ。あの事件とは別な事件の少女だよ。名前も違うから分かるでしょう。だから間違えないでね。

あのころは、あの事件やあたしと同じような事件が、たくさん起こったからね……。

まさか、今は、あんな事件は起こってないでしょうね。大人たちが頑張って、あたしたちみたいな不幸な目に遭う子が、二度と出ませんようにって、二度とこんなことが起こりませんようにって、平和な世の中を作ってくれたんだよね。だからあたしのマブイ（魂）は天国にいけたんだよね。あたしは、みんなの心で生き続けることができたんだよね。そうでなけりゃ、あたしは死んでも死にきれないよ。

あたしはね、今でも、夢の中で、痛いようー、痛いよーって、叫ぶことがあるんだよ。みんなに聞こえているよね。あたしのこと、みんなは忘れてないよね。沖縄はウートートゥ（お祈り）する国だからね。死んだ人を、いつまでも忘れない国だよね。

でもね、少しだけ心配だよ。あたしの身に起こったことが、今でもどこかで起きているんじゃないかと思うとね、泣いてしまう。涙がこぼれてくるよ。こんな事件が起きるのは、戦争で負けたからだねって、あたしの小さい頭で考えるんだけどね。考えたら頭が痛くなるよ。だって、世界では戦争がまだなくならないっていうでしょう。戦争で負けた国の少女たちは、あたしと同じようにゴウカンされるかもしれないと思うとね、辛くなるのよ。大人のみなさん、頑張ってよね。日本は神の国だもんね。

それでね、あたしは考えたの。戦争で負けた国をなくするには、どうすればいいのかって。これは簡単、すぐに答えが出たよ。頭も痛くならなかった。だってあたしは戦争に負けたから、こんな目に遭ったんでしょう。戦争に負けない国をつくればいいわけさ。

でもね、アメリカさんより強い国を作るのは難しいでしょう。だから、簡単、簡単。戦争をしなければいいわけさ。そうでしょう。簡単さ。

だけどね、あたしは死んでしまったから、あたしの考えも、あたしの声も届かないかもしれないね。それにね、あたしは六歳だよ。六歳の女の子の力では、どうにもならないよ。祈ることしかできないよ。男の人に噛み付いても負けてしまいます。暴れても、助かりません。オチンチンが痛いよって、ずーっと痛いよって、泣くことだけしかできません。

あたしはね、ときどきね、男の人は、なんであんなことをするのかねって思うことがあるよ。あたしは、大人の男の人の気持ちと、大人の女の人の気持ちも分からないままに死んでしまったからね。お嫁さんや、お母ちゃんになる前に死んでしまったからね。大好きなウトおばあのように、おばあちゃんにもなれなかった。やっぱり、悔しいよ。セツちゃんとも、タカ坊とも、もう遊べないんだからね。

あたしとは別なあの事件はね。やっぱり可哀相だよね。あたしの事件と同じ一九五五年の九月四日に起きたのよ。あたしの事件より三か月ほど後だね。どんな事件かって？　あれ、覚えていないの？　ゼッタイ忘れないでよ、もう……、「由美子ちゃん事件」。新聞に書いてあったでしょう。

一九五五年九月四日。嘉手納町カラシ浜の米軍部隊塵捨て場付近の原野において、仰向けになって捨てられている幼女の遺体が発見された。発見者はアメリカ軍の軍人。遺体は強姦された形跡がありシミーズは左腕のところまで垂れ下がり、唇をかみしめたまま死んでいた。

死亡していたのは石川市に住んでいた六歳の幼稚園児。遺体には茶褐色の毛髪が付着していたことから外国人による犯行が疑われアメリカ軍の捜査機関と琉球警察による合同捜査が行われた。

殺害された幼女はエイサーを見物していたところを米軍所属の男性に連れ去られたとの目撃情報があり、一週間後の九月九日に容疑者の軍曹が逮捕された。

思い出したねぇ？　こんな事件が、たくさんあったんだよ。だってね、このことが起こった一週間後にね、今度は隣の具志川村《ぐしかわそん》で九歳の女の子が連れ去られてゴウカンされたんだよ。夜の十二時ごろにね、アメリカの兵隊が農家の戸口を壊してね、靴のまま座敷に上がり込んで、女を出せと脅迫したのよ。お父が、女はいないと答えたんだけど、しつこく迫るので、心配したお父は、お母と十一歳の長女を裏口から逃したのよ。そしてお父は隣の家の人に応援を求めるために隙を見て飛び出したのよ。ところがその間に九歳の次女が連れ去られたの。二人の弟を殴り倒してからね。

お父は、九歳の次女と六歳の長男と四歳の次男の三人を六畳間に寝かせたままだったわけよ。まさか九歳の娘が連れさらわれるとは思わなかったんじゃないかね。二人の弟は、どんな気持ちだったかねえ。姉《ネ》ェネエ、姉ェネエって、泣きじゃくっていたってよ……。

お父とお母は、隣の人や、加勢に来てくれた人たちと一緒になって付近を探していたところに、九歳の娘がパンツも着けずにオチンチンから血を流しながら泣いて帰って来たというわけさ。何が起こったかは分かるよね。

お母は、もう気違いみたいになってね、娘を抱きしめてからに、アイエナー（ああ）、アイエナー、お母が逃げたからだね。お母が逃げなければよかったのかねえ。アイエナー、あんたはお母の身代わりになったんだねえって、大泣きしよったって。周りの人は、見ていられなかったってよ……。

それから四年後、一九五九年の六月三十日には石川市の宮森小学校にジェット機の墜落事故が起きたんだよね。たくさんの子どもたちが犠牲になったんだよね。ねえ、こんなことを基地被害というんでしょう。キチヒガイはキチガイと発音が似ているね。ヒだけを取ればいいんだね。

沖縄はね、戦争では日本のために戦って、たくさんの人が犠牲になったのに、見捨てられたんだよね。日本だけがどんどん復興して豊かになっていくのに、沖縄は土地も取り上げられて軍事基地にされて、どんどん貧乏になっていった。こんなことは、あたしの小さな頭でも分かるよ。

沖縄は、今は日本に復帰したから、日本の人たちは沖縄の人たちのために一所懸命、頑張っているんだよね。だって、沖縄はもう日本になったんでしょう。軍隊を沖縄だけに押し付けたり、沖縄を特別に差別したりすることは、ないよね。セイジは難しいこともあるから、そんなふうに見えるだけだよね。あたしは信じることは大好きだからね。日本の国の政府を信じているさ。

大好きなのは、他にもあるよ。あたしはね、今でもチョコレートが大好きだよ。セッちゃんも、タカ坊も大好きだよ。幼稚園も大好き、エイサーも大好き、踊るのも大好き、お歌を歌うのも大好き、お父ちゃんも、お母ちゃんも大好き、お母ちゃんがつくるサーターアンダギー（天ぷら）も大好き。大好きなのは、もっともっといっぱいあるよ。

でもね、残念なこともいっぱいあるよ。あたしの夢はね。タカ坊と指切りしたんだよ。ケッコンしようねって。それができなかったことが残念さ。小学校に入学できなかったことが残念。お父ちゃんに美味しいお弁当を作ってあげる約束をしたのに、それが果たせなかったのが残念。可愛い子供を五人生んでお母ちゃんになれなかったことが残念。そしてね、大人になってね、男の人を愛するっていう美しい世界があるってことを体験できなかったことが残念だよ……。

3
ダミン

一九六五年六月二十三日のことだ。

あの時、俺のおじいは怒っていたよ。黙って人の物を取るのは「ヌスル（強盗）」だ。力ずくで人のものを奪うのは「マギヌスル（大きな強盗）だ」。そう言って怒っていた。ヌスルやマギヌスルが奪うのはお金だけではない。アイエナー（あれまあ）、土地も奪うんだぞって。先祖から譲り受けた土地を、勝手に奪って使っているんだ。それが許されるかって。担《かつ》いで逃げることができない土地まで盗むことがあるかなあって。

俺の名前は瀬名波克行《せなはかつゆき》。宜野湾の伊佐浜《いさはま》で生まれたんだ。俺は今年の六月二十三日でちょうど満二十歳。六月二十三日は沖縄戦が終わった日でもあるけれど、俺の誕生日でもあるんだ。

俺のおじいの名前は、瀬名波元助《げんすけ》。おじいは、俺が十四歳になった一九五九年の三月にブラジルに渡った。そして一九六四年の東京オリンピックの行われた年に死んだ。ブラジルに渡ってからの六年間は、ずーっと苦労続きの人生だったと思うよ。

俺は、苦労はしないよ。元助おじいのような生き方は嫌《いや》だばあよ。元助おじいは、一家全滅だよ。ブラジルに渡って、農業をするってジャングルを開墾してからよ。あり、やっとコーヒーなんかも収穫できるかなってときによ、みんな伝染病に罹って一家全滅だばあよ。アイエナー（ああ）、こんなことってあり得ないよ。

元助おじいがブラジルに渡ったのは、沖縄の自分の土地を、アメリカーに奪われたからさ。自分は農業しかできないのに土地を奪われた。それではということでアメリカ兵相手の商売を始めたけれど、うまくいかなかった。農業したくても農業する土地がない。だからブラジルに渡ったばあよ。

伊佐浜にある元助おじいの土地が奪われたのは一九五五年。俺はその時、十歳だった。俺は頭が少し弱いとみんなから言われているけれど、おじいが言うことは分かったよ。頭は今でも弱いけどさ、これは仕方がないよ。ほかの人の頭とは代えられないからね。諦めているさ。

でも、仕方がないって諦めきれないこともあるよ。アメリカーは、戦争が終わったらすぐに沖縄の人の土地を奪って、勝手に軍事基地を造っていったんだよ。これは諦めきれないさ。元助おじいは言っていたよ。ヤマトも信用できないが、アメリカーも信用できない。これはもう、ブラジルに渡って頑張るしかない。だから家族みんなでブラジルへ渡ろう。と、いうことになったわけさ。

戦争が終わってから、アメリカーは、沖縄のあちらこちらに軍事基地を造っていたからなあ。地主を勝手に追い出してからよ。沖縄を要塞にしようとしたんじゃないかな。なんというかな、戦争で日本は負けたから、沖縄は占領されたわけさ。日本から切り離されて植民地になったわけさ。

俺の生まれた伊佐浜は、終戦直後には軍事基地はなかったよ。元助おじいも、俺のお父も、ここで農業していたんだ。

だけど、一九五四年の十二月に、ここに軍事基地を造るから出て行け、と米軍に言われたばあよ。あれ、畑も家もあるんだよ。出て行けと言われて、はい分かりました、出て行きますって言えるかよ。言えないばあよ。

元助おじいも、伊佐浜に住んでいる人たちも、みんなが反対したさ。当たり前さあな。土地も家も自分のものだし、先祖の墓も伊佐浜にあるんだから……。戦争が終わって、先祖から引き継いだ土地を耕し、汗水流してやっと家を建てたんだから。みんなが団結して反対したばあよ。

元助おじいも、お父も、先祖から代々受け継いできた土地だから絶対に渡さない。絶対に出て行かない。自分たちは農業しか分からない。土地を捨てたら食っていけないって、反対したばあよ。

でも、アメリカーは、沖縄の人たちの土地を次々とあちこちで奪い始めていたからな。それが、どんどん激しく強引になっていたわけさ。一九五二年ごろからだったというよ。住民が反対しても、ブルトーザーと軍隊を使って、座り込む住民を押しのけて基地を造っていったのは、伊江島の人たちの土地とか、那覇の具志地区の土地とか、天願の昆布《こんぶ》の土地とかさ。沖縄の人のたくさんの土地が奪われたんだよ……。

那覇の港も奪われて軍港にされたんだよ。その近くに住んでいる人たちは、戦後みんな追い払われたんだ。

那覇の港は、昔から貿易で栄えていた。琉球王国のころは、周辺は沖縄でも一番の繁華街だったんだよ。清の国とか東南アジアの国々との貿易もそこで行われていたんだ。「万国津《ばんこくしん》梁《りょう》」といって周りの国々とも仲良く貿易していたわけよ。その港を、沖縄の人はもう使えなくなったわけさ。ワジワジーする（怒る）よな。

アメリカーは、港の半径一キロ以内に住んでいる人は、出て行きなさいって、命令したわけさ。那覇の人は反対したけれど、結局は出て行かなければならなかったばあよ。泣く泣く引っ越して、また新しい町を造ったわけさ。今の那覇は、新しく造られた町だよ。相当、難儀をしたはずよ。こんなことがなければ、沖縄はもっと栄えていたはずなのにな。

戦後使えなくなった土地は、いっぱいあるよ。嘉手納《かでな》も読谷《よみたん》も、勝連《かつれん》のホワイトビーチも、国頭の奥間ビーチも、金武《きん》も辺野古《へのこ》も、普天間《ふてんま》も、浦添《うらそえ》も、ヤンバルの高江も……。いっぱいあり過ぎて数え切れないよ。でもそれだけでは足りないというわけさ。

元助おじいが言っていた。アメリカーは、アンダグチ上手（騙すのがうまい）。ウチナーンチュをシカサア、シカサアして（おだてて）、軍用地料も一括して高くで払いますから土地を使わせてくださいと言っていたって。でもこれは、絶対ユクシムニー（嘘）だ。永久に土地を軍事基地として使おうとしている。ウチナーンチュを騙そうとしているというわけさ。だから、ウチナーンチュは、よけいワジワジーしたばあよ。アンダグチ使って騙そうとしているが、ウチナーンチュはサールンクヮ（猿の子）ではないよ。人間の子だよってな。

伊江島でも激しい反対運動が起こったよ。アメリカーはこの反対運動を弾圧するために、一九五五年の三月に、約三〇〇人の武装米兵を島に上陸させて、真謝《まじゃ》の部落に住んでいる住民を追い出したばあよ。家をブルトーザーで破壊して焼き払って、土地を奪ったばあよ。こんなこと考えられないよな。これが民主主義の国のやることだばあよ。アメリカーは「接収」とか「収容」とか言っていたけれど、元助おじいは、「ヌスル」「マギヌスル」って言っていたわけさ。

あれ、反対するのは、地主だけでないよ。地主でない人も、このままでは沖縄は軍事基地の島になる。先祖に申し訳ない。戦争でたくさんの人が死んだ。沖縄に軍事基地が造られたら、また沖縄は戦場になって住民が巻き込まれる。犠牲になった人に申し訳ないといって、沖縄の人たちみんなで反対したわけさ。だから「島ぐるみ土地闘争」とも言われているんだよ。このことは自然なことだと思うよ。

でも、沖縄では自然な道理も、自然ではないばあよ。沖縄は日本でないからな、だれも加勢してくれる人はいない。国ではないからな。日本も世界も助けてくれない。沖縄の人たちだけの土地闘争になったわけさ。もちろん、琉球政府も「住民の生命と財産を守る」ということで、米国軍政府に何度も抗議をしていたけれどね。

アメリカのアイゼンハワー大統領は、そんな中で一九五四年に、「沖縄の基地は無期限に使用します」と宣言しているばあよ。あり、まあからワジラリーが（怒り心頭だよね）。だれの土地だと思っているかってことだよね。アイゼンハワーって、「アイツハルサー（あいつ小作人）」って、発音が似ているから陰口を言われたわけさ。

アメリカーに土地を奪われたら、ずーっとアメリカーの軍事基地になる。だから、みんなは絶対反対だと言って頑張ったわけさ。

琉球政府の立法院でも、「土地を守る四原則」と言ってね、「一括払い反対」「軍用地料の適正補償」「米軍が住民に与えた損害の賠償」「新規土地接収反対」の四つが言われて可決されたばあよ。でも、軍政府に訴えても効果がないから、直接本国に要請に行くべきだということになって、代表団をアメリカ本国に送ったわけさ。これはおじいから習ったことだけどね。

それを受けて、アメリカ本国は、それではということで、一九五五年十月に、議会のプライス調査団が沖縄に来たわけさ。そして翌年六月に「プライス勧告」というのが発表されたばあよ。内容は全くふざけているよ。「琉球列島において、我々は長期に渡って基地を持つことができる」「一括払い、新規接収ＯＫ」って、アメリカ政府に勧めたばあよ。アイエナー、まあからワジラリーが。元助おじいは、俺に言っていたよ。あまりにも馬鹿にしているって。

当時の琉球政府の比嘉《ひが》首席は、「この問題に重大な決意で取り組みます」と言って、四者協議会（行政府、立法院、軍用地連合会、市町村長会）を結成して、四原則が認められなければ四者協議会全員が総辞職をしますって言ったらしい。

すると米国軍政府は、「あんたたちが総辞職をしたければしたらいいさ。琉球政府がなくなれば、よけい上等。米軍政府が直接沖縄を統治する」と言って圧力をかけてきたわけさ。

それで比嘉首席はだんだん弱腰になって、姿勢をあいまいにし始めたばあよ。当間那覇市長も「一括払いには必ずしも反対ではない」と表明するし、「全沖縄土地を守る会」でも米国への同調者が現れて四者協は八か月で解散したわけよ。

結局は、両方が歩み寄って、ていうか、一九五八年の八月に、米軍は沖縄の言い分である

「一括払い反対」と「適正補償」に合意して軍用地問題は一応の決着を迎えたばあよ。だれが勝ってだれが負けたかは分からんさ。あんたたちも分からんだろう。

でも、分かっているのが一つある。元助おじいは、ずっとガッティンナラン（許してはいけない）ってワジワジーしていた。これで終わり、はい、チャン、チャン、としなかったばあよ。そして、しまいには、もうだれも信用できない。沖縄はアブナイ、人殺しの島になる、と言って、ブラジルに渡ったわけさ。

伊佐浜の人たちは頑張ったんだよ。一九五四年の十二月に、アメリカーから出て行けと言われたんだけど、長く反対闘争をして頑張ったんだよ。出て行け！　ってだれがだれにいう言葉かなって思うよね。反対じゃないかって思うよね。こんなおかしいことが、沖縄では続いたんだよ。

アメリカーたちはね、作戦を立ててね、伊佐浜の人たちをシカサーシカサーして（おだてながら）土地を三つの地域に区分して、段階的に取り上げていったわけさ。まず一九五五年の三月十一日に伊佐浜のA地区が、ブルトーザーと銃剣で、反対と言って座り込んでいる住民を排除して奪われたわけよ。伊江島でも、ちょうどこの時期に土地が奪われているよ。

元助おじいたちは、それでも頑張ったんだ。「土地の取り上げは死刑と同じ」と言って、ノボリを立てて座り込んで、残りの土地は絶対渡さないといって団結していたわけさ。全県から支援者がどんどん集まって来たよ。大学の学生たちも、高校生たちも応援に来ていた。

伊佐浜の残りの土地は七月十八日辺りに、ブルトーザーが入って強制収用されそうだ。その日が危ないということで、たくさんの人たちが集まって来たよ。でもその日は何事もなくて、支援団体などが引き揚げた後の夜明け前に、不意打ちを食らったわけよ。武装兵に守られたブルトーザーやクレーンがやって来て、住民は力ずくで排除されて、家が取り壊されたわけさ。映画じゃないよ。本当のことだよ。一九五五年七月十九日、伊佐浜の三十二戸、一四〇名の住民が住む家を失ったわけさ。

伊江島でも家が焼かれて、多くの怪我人が出ているよ。アメリカーが言うにはね。「この島はアメリカ軍が血を流して、日本軍からぶんどった島だ。君たちはイエスでもノーでも立ち退かなければならない。君たちには何の権利もない」と。

全く馬鹿にしているよね。国と国とが戦争やって、ウチナーンチュが住んでいる土地は勝手に奪っていいのかっていうんだよね。

俺は、そのとき十歳。まだ何が起こっているかよく分からなかったけれど怖かったなあ。悔しさも残っている。おばあたちは泣いていたよ。ブルトーザーで壊されていく家を見ながら、みんな泣いていた。野菜畑がブルトーザーで踏み潰されていくのを見ながら泣いていた。このことをよく覚えているよ。元助おじいが暴れてから、アメリカーの憲兵に捕まったのも、よく覚えている。

伊佐浜の畑や田んぼは収穫量も多くて、戦前から「チュラターブックヮ」(豊穣な田んぼ)」と呼ばれていた。俺もその田んぼで遊んだ思い出が残っているよ。今は見る影もないけどな。

本土の新聞にも、沖縄の土地の強制収容のことは、ちょっとは載っていたらしい。日本政府も知っていたはずだけど、何もしてくれなかった。沖縄は日本じゃなかったからな。黙って見ているだけさ。見てもいなかったかもね。

一九五二年に日本はアメリカと講和条約というのを結んで、沖縄を切り捨てたからね。日米安保条約といって、アメリカに日本を守ってもらうために基地を提供しなければならなくなっていた。沖縄はその役割を担わすには格好の土地だったばあよ。戦後本土で造られた米軍基地もどんどん縮小して沖縄に移したばあよ。

日本政府はセコイよね。これはみんなが知っていることだよ。米軍基地が必要なときは、沖縄のことをすぐ頭に思い浮かべるけれど、それ以外のときは、あんまり頭に浮かばないんじゃないかな。経済とか豊かさとかいうときは沖縄のことは頭に入ってないはずよ。頭の悪い俺にもそれぐらいは分かるよ。

元助おじいは、土地を失くしてからトゥルバッテ(ぼけーっとして)ね。先祖に申し訳ないって、軍用地になった土地ばかり眺めていた。やがてその土地は、セメントで埋められて、その上に戦車とかも置かれるようになって昔の面影は全くなくなった。

元助おじいは、それで、もう諦めたわけよ。そして、ブラジルで農業することを思い立ったわけよ。沖縄の人は、戦前からブラジルとか、アルゼンチンとか、ハワイとかに移民していたからね。おじいの友達も、戦前にブラジルに渡っている人がいた。だからおじいは決断したわけよ。万一のときを考えて、次男は沖縄に残して、家族みんなを引き連れて、ブラジルに渡ったわけさ。

次男は俺のお父さ。お父は結婚していて、俺も生まれていて、独立していたからね。家は伊佐浜の近くの北谷《ちゃたん》に造っていた。元助おじいの家が壊された後は、みんなお父の家に移り住んでいた。俺はその家で、元助おじいのアメリカーに対する悪口をいっぱい聞いたわけさ。

元助おじいは、先祖から引き継いできた瀬名波家の家系が途絶えるのも気になっていたんじゃないかな。だから、次男のお父は沖縄に残したんだと思うよ。やっぱり、少しは心配だったんだろうねえ。ブラジルに渡って、成功するかなってね。

お父は、自分も一緒に行くって頑張ってお願いしたけれど、おじいは許さなかったみたい。次男の長男が、俺だばあよ。沖縄では次男の長男がウフガンス（本家の位牌）を継ぐしきたりがあるんだ。一緒に財産も継ぐんだ。将来、俺は瀬名波家の跡取りだからな。おじいにも可愛がられたばあよ。小さいときは、まだ俺がディキランヌー（頭が悪い）ってことはあんまり目立たなかったからね。学校に入学してから、ディキヤー（頭が良い）、ディキランヌーとして区別がつけられたんだよね。このことは仕方のないことさ。俺は勉強嫌いだったし、学校はあんまり好きじゃなかったからな。学年が上がる度に、俺はどんどん勉強は苦手になっていった。

おじい、おじいと言っているけれど元助おじいは、当時はまだ若かったよ。五十歳を過ぎたばかりじゃなかったかな。沖縄戦でも防衛隊に召集されたはずだよ。

元助おじいは、土地を半分売り払ってブラジルに渡る資金にして、残りの半分はそのままにして、次男のお父にあげたばあよ。その土地が軍事基地になっているわけさ。俺たちは軍用地主さ。ゆくゆくは俺のものさ。

ブラジルに渡ったのは、元助おじいだけではないよ。嫁のタエおばあと、長男の元治郎伯父さん家族、そして三男の元三郎叔父さん、結婚したばかりの良子《よしこ》叔母さんと和男さん夫婦、そして安子叔母さんだよ。元治郎伯父さんには二人の子どもがいたから、併せてちょうど十名だ。良子叔母さん以外はブラジルで全員死亡。ブラジルでも沖縄戦が続いたようなものだね。

また、元助おじいの弟の元太さんの家族三名も一緒に渡ったんだよ。伊佐浜の土地を奪われた一族の大移動だよ。でも、元太さんの家族は奥地からすぐに引き返して、町で商売をしたわけさ。今は商売繁盛して大金持ちになっているはずよ。

俺は今年二十歳になったけれど、仕事はしていないよ。だって働かなくても軍用地料が入ってくるんだからな。金があるのに、なんで働くばあ。働かなくていいばあよ。お母は、働け、働け、仕事せえ、仕事せえってやかましく言っていたけれど、もう言わなくなった。

お父は土地を奪われてから基地で働くようになった。農業はできなくなったからな。お父は基地従業員で軍用地主さ。

でも、おじいがブラジルで死んだと聞いて、おじいの骨を拾いにブラジルに行ってからは、お父は基地で働くことを辞めた。ブラジルから戻って来てからは、家に座って、トゥルバッテ(ぼんやりして)いる。酒ばかり飲んでいる。このままだとアル中になるんじゃないかと、お母も俺も心配しているよ。

もちろん、俺の家は軍用地主だからな。お父が働かなくても心配ないよ。だから、食べられなくなるんじゃないかという心配ではないよ。お父はフラー(気違い)になるんじゃないかと心配しているわけさ。

俺の二人の妹も、高校生と中学生だけど、遊んでばっかりいるよ。俺がしっかりしないとな。この世の中は金だからな。わが家は金があるばあよ。金の管理が俺の仕事。みんなに羨ましがられているよ。

俺の彼女の富子は、俺と結婚したい、結婚したいと言っているけれど、俺の金が目当てだよ。俺と結婚すれば一生遊んで暮らせるからな。俺は分かっているよ。俺が目当てでない。金が目当てだということをな。だから、俺は今は結婚しないよ。

俺は、苦労してブラジルに渡った元助おじいのようには死にたくない。元助おじいは俺の頭を撫でながら、先祖の土地の話しばっかり聞かせよった。ほかは、アメリカーの悪口ばっかり。元助おじいは、土地が好き、畑が好き、家族が好き。俺はお金が好き、米軍基地が好き、女が好き。お金があるから、俺と結婚したいという女はいっぱいいるよ。俺は頭が悪くても、軍用地主だし、一応一目置かれているばあよ。

元助おじいは、あんなに農業が好きだったのにブラジルでは成功しなかった。ブラジルと沖縄の農業は違ったかもしれないな。可哀相によ。土地がなくても、また、お父みたいにフラーになっても、沖縄に残っておけばよかったのにと思うよ。

元助おじいの家族が、ブラジルの奥地で伝染病に罹って一家全滅したというのは、元太《げんた》さんからの手紙で知ったわけよ。元太さんは農業するといっておじいと一緒にブラジルに渡ったけれど、子供が小さいからといって奥地からすぐに引き返して、町でランドリーを経営したわけさ。これが当たって、今では、五つ、六つのランドリーを経営しているらしいけどね。

お父は、おじいの死が信じられないといって、ブラジルに渡って、元助おじいが開墾していた奥地まで行って確かめたばあよ。そしたら、やっぱり死んでいたって、遺骨を抱いて帰って来たばあよ。でもね、良子叔母さんは行方不明。どこに行ったか分からない。現地の人も分からないと言っていたらしい。現地の人にさらわれて、どこかに連れ去られたんじゃないかなあという人もいたらしいけれどね。若くて綺麗な人だったからな。お父の妹さ。だあ、どうなったかもう分からないさ。

お父は帰って来る時に、日本の大使館に行って良子叔母さんの捜索願いを出してきたと言っていたが、連絡はないさ。俺が思うに、一緒に行った旦那さんの和男さんも死んだから、良子叔母さんは、和男さんを誘った責任を感じて、どこかで自殺したんじゃないかなと思うんだ。でも、ブラジルの奥地には山賊もいるというからな、殺されたか、さらわれたんじゃないかなとも思うよ。強姦されて山賊の嫁さんにでもされたかな。だあ、もう混乱してよく分からないさ。

でも、旦那さんの和男さんと結婚して、ブラジルに行くときの良子叔母さんはとっても幸せそうだったなあ。覚えているよ。船からも陸からも紙テープを投げてなあ。みんなで、さようなら、さようならって手を振ったんだよ。良子叔母さんは、和男さんに肩を抱かれていたよ……。

お父はブラジルから帰って来てからは、自分だけ家族の中で生き残ったって嘆いているばあよ。俺はそれでいいんじゃないかって言ったんだけど、サキヌマー（酒飲み）お父になってしまったわけさ。ガンス（位牌）に手を合わせて、おじいごめんなあ、みんなごめんなあって泣くわけよ。ハッサ（あれ）、見苦しいさ。おじいは、こんなことになるんじゃないかなって心配してお父を残して行ったんだからな。俺は泣かないよ。俺は今満足しているのに、何で泣くかねえ。

でも、俺にも心配事はあるよ。一つだけ。それはな。米軍基地がなくなるんじゃないかと思うと心配であるわけよ。基地がなくなったら遊んで飯が食えなくなるからな。

でも日本政府は頑張ってくれるはず。沖縄の基地は、なくさないんじゃないかな。日本とアメリカーと沖縄との知恵比べさ。俺は関係ないよ。俺は国ではないからな。俺は人間だのに。一人の人間瀬名波克行だのに。俺が何か言っても、だれも聞かないさ。また俺は頭が悪いから、賛成とか反対とか言うジンブン（知恵）もないさ。すべては国任せだよ。

俺の友達は、俺のことをダミン（堕民）と言うよ。堕落している、働かないからいいはずよって。本当は俺に嫉妬しているんじゃないかな。俺は、ダミンで結構、コケコッコウ。俺はダミンを受け入れる。土人でもいいよ。不自由は何もない。

沖縄は天国だばあよ。日本政府もアメリカ政府も、沖縄には感謝しているんじゃないかな。俺はそう思うよ。俺も感謝しているよ。沖縄は天国だって。日本政府さん、アメリカ政府さん、有難うって。

それでは、みなさん、ご機嫌よう。俺はこれから富子に会いに行くからな。富子に会って、あっちを触ってもらって、あれするばあよ。富子は上手だからな、俺の嫁さんになるって一所懸命。チョー気持ちいい。

皆さん、後悔しないで生きなさいよ。嘘をつかずに生きなさいよ。皆さんとはいつかグソー（あの世）で会いましょう。幸せな人生を送ってください。それでは、みなさん、ご機嫌よう。

4

パラダイス

一九七五年六月二十三日のことです。

復帰してから三年、沖縄戦が終わってから三十年が経ちました。ここね？　ここはね、コザ市のＢＣ通り。嘉手納《かでな》米軍基地の東側の出口にできた通りさ。嘉手納基地の東側のゲート前にはね、兵隊相手の通りが二つできたよ。一つはゲート通り。お土産品店とかレストランとか、洋服屋さんとか、クリーニング屋さんとかね、兵隊や兵隊の家族を相手にできた商店街さ。もう一つはＢＣ通り。この通りはＡサインバーが並んだ飲み屋街。夜になると一斉にネオンサインが点滅して、メリーゴーランドのように華やかになるんだよ。道路はアスファルトもされていてね。沖縄では最も舗装された綺麗な通りと言われているよ。あれ、自動車が通るんじゃないよ。アメリカの兵隊が通るんだよ。沖縄では、兵隊が一番偉いんだよ。

私ね？　私は新里《しんざと》ミーコ。本名はね、新里美代子だけど、ミーコって呼ばれているよ。Ａサインバーに勤めているんだ。今は、「サロンBEE」に勤めているよ。時々Cランチも食べるよ。あれ、あんたはAサインバーも、サロンBEEも知らないの。Cランチも知らない？　アイエナー、どうしようかね。あんたはナニジン（何人）ね？　日本人、それで、分からないんだね。ウチナーンチュ（沖縄人）なら、みんな分かるよ。

Aサインバーというのはね、Aは「許可済み（Approved)」という英語の頭文字で、米軍政府が飲食店・風俗店に与えた営業許可証のことさ。これがないと、兵隊相手の店は営業できないんだよ。Aサインバーというのはね、店の入り口にこの許可済みの表示を掲げて営業したバー（飲み屋）のことさ。

この制度の目的はね、沖縄の風俗店や飲食店が米軍の兵隊や家族の健康に悪い影響を与えないようにするために設けられたと言われているよ。悪い影響というのは梅毒とか性病のことさ。それで米軍が設定した衛生基準や建築の基準に合格しなければ営業できなかったわけよ。米軍の心配は、飲食店や風俗店から病気や性病を感染させられたら困るというわけよ。私たちからすれば、逆でしょうって言いたいけれどね。私たちに性病を移してくれないでよってね。

本土復帰前の沖縄にはね、いろいろな取り決めがあったんだよ。みんな米軍の有利な取り決めさ。「ヤンキー、ゴーホーム」などと言ったら、すぐにその店の営業許可証は取り消されたからね。でもさ、あんたは沖縄に住んでいるんだったらウチナーンチュじゃないの？　何？

復帰の年の一九七二年に本土から渡って来た日本人？　そんなってあるねえ。沖縄に住んでいたらみんなウチナーンチュでしょう。

違う？　ウチナーンチュも、みんな日本人？　違うよ。ウチナーンチュはウチナーンチュだよ。あんたが間違っているんだよ。自分の間違いに気づきなさい。アイエナー、もう、あんたよ。日本人は、いつも自分の間違いに気づかないからね。

あんたたちは、本当は気づいているんでしょう。気づいているけれど直さないだけだよね。でもね、直さないのは、気づいていないことと同じだからね。

これから私がする話はね。私がAサインバー「パラダイス」に勤めているときに、トーキーママから聞いた話だよ。トーキーママの本名は山城時子《やましろときこ》。店を任されていたから、ママさね。だから、みんなトーキーママって呼んでいたんだよ。トーキーママと、彼氏のジョージのことだよ。

ジョージはね、ベトナムで行方不明になったんだ。私は、ジョージはもう死んでるはずよって言ったら怒られてね。トーキーママは、ジョージは絶対に生きているっていうわけよ。そしてジョージのことを聞かされたわけさ。

トーキーママは、今はベトナムにいるよ。これからする話はね、トーキーママが何でベトナムにいるかって話だよ。トーキーママはね、当時ベトナムから送られてきたジョージからの手紙も見せてくれたよ。これは宝物だよって。涙まで流すわけよ。アイエナー、もうねえ……。

　私は、もちろん英語は分からないよ。分からない私に、手紙を見せるんだよ。トーキーママは英語は少し話すことができたからね。彼氏が兵隊のジョージだったし、ジョージと同棲していたからね。私も若い兵隊と同棲していたら英語が少しは話せたかもしれないね。でもね、トーキーママだって、話はできても読み書きはあんまりできなかったわけよ。

　それに、私はやっぱりアメリカーは好きになれなかった。お父もお母も戦争で死んだからね。なんだか、目の前にアメリカーの兵隊が立つと、これなんかがお父とお母を殺したんだねって思うわけさ。私の家族は、兄《ニ》ィニィと私だけが戦争で生き残ったけれど、兄ィニィも爆弾で目をやられた。だから、兄ィニィはなかなか仕事が見つからなかった。私たち二人は戦争の生き残り。私がAサインバーで働いて、兄ィニィと一緒にコザの町に住んでいたんだよ。兄ィニィがいたから、アメリカーの若い兵隊を家に引っ張り込むこともできなかったしね。

　あれ、私の話じゃなくて、トーキーママの話ね。私の話はできないよ。私はすぐ泣いてしまうからね。爆弾は、お父とお母と、兄ィニィと私が隠れていた岩のすぐ傍で爆発したんだよ。お母のお腹は裂けてからに内臓が飛び出していた。お母は、うえーうえーと泣きながら死んでいった。ぷうか、ぷうかして内臓が動きよったよ。お父は……。あり、話はストップね。もう涙がこぼれてくるさ。

トーキーママの話ね。トーキーママはジョージの手紙を翻訳した日本文も持っていたよ。当時のコザには、兵隊の手紙を翻訳したり、ラブレターを代わりに書いてくれたりする商売もあったからね。呉屋十字路の近くにあったよ。コウキさんという人がやっていたけれどね。結構、繁盛していたんじゃないかね。

Aサインバーで働いている女の子は、ポッテカス（頭が悪い子）が多かったからね。私もそうだけどね（笑い）。Aサインバーで働いても、なかなか英語は上達しないさ。マスターは、「サンキュー」と「ワンモアプリーズ」という二つの言葉を覚えればいい。この二つの言葉を交代交代に使って酒を飲ませればいい。この二つ覚えてあとは笑いなさいって言っていたからね。私はこの二つしか覚えなかった。

そう考えると、トーキーママはディキヤーだった（頭が良かった）んだね。英語が話せよったからね。トーキーママだったら同棲しなくても話せよったはずよ。

コウキさんの翻訳事務所は、今はもうないよ。Aサインバーで働く女の子のみんなが、コウキさんを頼りにしていたよ。兵隊に騙されたり、捨てられたりする女の子も多かったからね。兵隊たちは、すぐに戻って来るからねって、アメリカ本国に渡ったけれど、戻って来ない兵隊が多かったね。一人で帰った兵隊は、ほとんど戻って来なかったね。

コウキさんとの相談事はいろいろさ。子どもができたけれど、お父はベトナムで戦死した。

どうすればいいのかね、とかね。ゴウカンされて子どもを身ごもったけれど、だれがお父か分からない。どうすればいいの、とかね。もういろいろさ。コウキさんのところは手紙を書いてくれる翻訳事務所であったけれど、相談事務所でもあったわけよ。

そう言えば、あんたは「コザ騒動」というのを知っているね。知らない？　あんた、ホントに何人ね？　前にも聞いたことがあるよって？　ああ、そうだった。あんたは日本人だったね。だから分からないんだね。「コザ騒動」は復帰前のことだから分からないんだね。復帰前は、日本人には沖縄のことは関係がなかったからね。

「コザ騒動」はね、「コザ暴動」だって言う人もいるけれどね。私はどっちでもいいよ。あの時は、私もAサインバーから抜け出して見に行ったよ。夜の十二時ごろだったかね。アイエナー、道路に駐車していたアメリカーの車がみんなひっくり返されて燃えているわけさ。びっくりしたよ。それを見てシタイヒャー（いい気味だ）って手を叩きながら、カチャーシー踊っているおばあもいたよ。

私も気分がすっきりしたね。アメリカーの車の燃えているのを見て、エミちゃんと一緒にガッツポーズをしたよ。私たちウチナーンチュは、いつもアメリカーにいじめられていたからね。Aサインバーのホステスたちは、特に悪さをされていたからね。人権も何もないさ。パンツを脱がされてね、お店でだよ。あっちにウイスキーを掛けられてね、ライターで火を点けられたりもしたんだよ。ユキちゃんは大声で泣いてよ……。それをアメリカーたちは見て、笑っているわけさ。

ユキちゃんは可哀相だった。若くて可愛いかったからね。狙われたんだね。両手を捕まえられてね、アメリカーのマギー（大きな）チンチンを銜えさせられてね。アレを顔に引っかけられるわけよ。店の中でだよ。兵隊たちは一人でなく、集団で暴行するわけよ。酔っ払って笑いながらね。一人では何もできないヨービラー（弱虫）なのにね。

私たちはたまらないさ。でも我慢しないと給料が貰えないからね。アメリカーが店に来ないと商売は成り立たないからね。悪い評判が出たら、もうやっていけないさね。「サンキュー、サンキュー」「ワンモアプリーズ」て言うわけさ。みんな隠れて泣いていたよ。

悪い評判って何かって？　あり、この店はホステスと遊べない、ホステスを悪戯できないよっていう評判さ。そんな評判が出たら、Aサインの許可が取り下げられるんだよ。なんのためのAサインかと思うよね。ユキちゃんはね、兵隊から梅毒を移されて病院に入院したさ。頭もおかしくなったって聞いたけれど、最後はどうなったかねえ。ヨシトシというイイナズケ（婚約者）がいると聞いたけれどね……。

兵隊たちは、ベトナムに行ったら、すぐ死ぬかもしれないからね、可哀相と言えば可哀相だったね。若い兵隊さんが多かったからね、しょうがないと言えば、しょうがなかったかもしれないね。でも、しょうがないからと言って許されるわけではないよ。悪さをされる私たちはたまったもんじゃないからね。

なんでそんな時代があったんだろうねえ。沖縄戦も、ベトナム戦も、戦争は初めも終わりも途中も、地獄だね。偉い人たちは、頭がいいから偉い人になったんだろうけれど、なんで戦争は止められないのかね。戦争は頭の悪い人がやるんじゃなくて、頭のいい人がやるんでしょう。頭のいい人たちは戦争で儲かるのかね。本当に、何とかならないかねって、思うさ。

ベトナムに行く兵隊たちだけでなく、ベトナムから帰って来た兵隊たちもAサインバーには遊びに来よったよ。そんな兵隊たちは、よけい性質《たち》が悪かったね。酔っ払ったらね、私たちホステスをベトナムの女と間違えてね、突然殴りかかるわけよ。私も何度も殴られたよ。カウンターボーイのウチナーンチュの兄ィニィたちも、ベトコンと間違えられて殴られたよ。

こんな兵隊と一緒にホテルに行ったら、もう大変さ。殺されるって噂もされていたよ。実際に殺されたホステスもいたからね……。

これが、沖縄なんだよ、沖縄の実情さ。あんた、分かるねえ?　分かってよね。

私たちはね、いつも話しよったよ。なんでかねえ、なんで私たちは貧しいのかねえって、いつも思いよったよ。沖縄に生まれたら、こういうことになる運命なのかねえってね、自分たちのことが哀しくなりよった。なにも好き好んで、みんなAサインバーで働いているわけではないからね。辞めたくて辞めたくて、仕方がなかったんだよ。

あれ、なんで辞めなかったかって？　お金さ。みんなそれぞれの事情があってお金が必要だったんだよ。家族のためとか、お母が病気になったからとか……。あれ、お父や兄ィニィたちは戦死しているからね。働き手もいなかったんだよ。

なんでAサインバーで働くかって？　ハッサヨ（あれ）、あんたよ。Aサインバーで働いたのは、ほかに働く場所がないからだよ。私たちには、現金収入を得るためにはアメリカ兵相手の商売しかないわけさ。沖縄には工場や会社もないしね。農業する畑もないしね。いい場所はみんな米軍基地に取られているからね、工場や会社も建てられなかったんだよ。また、工場や会社を建てようという人たちは少なかったと思うよ。毎日毎日が精一杯でね。

考えてみると、沖縄の人たちは、戦争中も戦後も、アメリカーと戦うことに精一杯だったんだねって思うよ。戦争では、傷ついて、親兄弟も亡くして、戦後は、独りぼっちで、乞食みたいになって、みんな食べるのに精一杯だった。みんな、貧しかった……。

あれ、私ね？　ミーコだよ。前にも言ったでしょう。私の家族？　私の家族は、いないよ。兄ィニィと二人だけ。お父もお母も戦争で死んでしまったよ。さっき言ったでしょう。思い出させないでよ。私に戦争のことは聞かないでよ。いいね。

話は、私のことでなくて、トーキーママのことだよ。トーキーママとジョージのことだよ。

随分遠回りしたね。沖縄の戦後は、話すことがたくさんあり過ぎるんだよね。

トーキーママはね、Aサインバー「パラダイス」のママだったけれど、当時は、たしか二十六歳か二十七歳ぐらいだったと思う。若かったよ。若かったけれど、ジンブン（才覚）があったね。コザ騒動のころは、もうジョージと同棲していた。

ジョージは可愛いグァでね。トーキーママより年下だけど、二十歳は過ぎていたと思うよ。シカボー（臆病）でね。喧嘩も弱い。酒も弱い。身体も小さい。髪はブロンド。目はヒージャーミイ（青い目）。トーキーママはこのジョージを可愛がっていたわけさ。二人のなり染めね。ちょっと待ってよ。私の家族のことは話さないけれど、トーキーママの家族のことだから話そうねえ。私が聞いた範囲でだよ。

トーキーママはね、おじいと、お母と、二人の妹がいた。南部の南風原《はえばる》の出身だと言っていた。おじいは、寝たきり老人、お母が面倒見ていた。おばあと兄ィニィは戦争で死んだ。おばあは家族で摩文仁を逃げ廻っているときに機銃掃射で撃たれて死んだ。兄ィニィは鉄血勤皇隊で戦死。もちろん、お父もいたよ。お父はね、兵隊にとられたけれど、死なないで右足を切断して台湾から帰って来た。お父は片脚だけで農業もやって、長いこと頑張っていたけれど、今から十年ぐらい前に病気で亡くなった。お母はね、お父にアクムニー（悪口）もしよたってよ。片脚失くして帰って来るぐらいだったら、死んだほうがましだったんじゃないのって。お父もお母も辛かったはずね。

お母はね、お父を亡くしたときは、五十歳ぐらいだったけれど、時々発作を起こして暴れよったらしい。寝ているおじいに暴力を振るうこともあったらしいよ。だから仕事にも就けなかったって。これは作り話でないよ。みんなトーキーママから聞いた話しだよ。私は本当の話だと思っているよ。トーキーママは嘘のつけない人だったからね。

下の二人の妹のことも心配していた。上の妹は少し精神に異常があって病院に入院していたらしい。下の妹は高校生で、アルバイトもして、家のことも、この子がやりくりしていたらしい。しっかり者だって自慢もしていた。トーキーママとこの下の妹と二人で、お母とおじいの薬代と生活費、すぐ下の妹の入院費ということで頑張っていたらしい。ほとんどはトーキーママの稼ぎから出ていたわけよ。そしてお母の発作を、なんとか専門医に見てもらいたい。そのために頑張っているんだよって。私の家系は異常の出る家系かねえ、これは遺伝するのかねって心配もしていた。

それで、Aサインバーで働いて、頑張ってママさんにもなって店も任せられていたんだ。Aサインバーはベトナム景気で、兵隊たちは、ワンカラ、ワンカラして（湧き水のように）お金を使いよったからね。バーの経営者は、一、二か月でお家が建てられるぐらい儲けよったってよ。一人の経営者で、三、四軒、店をもっている人もいたからねえ。実際、私たちホステスも、仕事は辛かったけれど実入りがよかったんだよ。

　トーキーママとジョージの出会いのことね。トーキーママが言うにはね。ある晩、明け方だけどね。仕事が終わってアパートに帰る途中、道端で四、五人のアメリカ兵に囲まれて殴られている男の人を見たって。最初はウチナーンチュのカウンターボーイが殴られているのかなって思ったって。そういう事件も頻繁にあったからね。

　で、トーキーママは大声を出して、助けを呼んだら兵隊たちは逃げ出したって。それで倒れている男の人の所に行って助けようとしたら、ウチナーンチュじゃなくてジョージだったたっていうわけよ。よく見たら、顔も腫れているし、鼻からも血が流れている。ワイシャツも血に染まって赤くなっていたって。それで、アパートはすぐ近くだったから、連れて行って傷の手当をしてあげたっていうわけよ。

　トーキーママはね、傷の手当をしながら、何であんたは殴られていたの？　逃げて行った兵隊は友達じゃないの？　って聞いたって。そしたらね、友達だけど、あいつらは酒を飲むとワイルドになる。沖縄の人たちに悪さをする。ワイルドになったら友達じゃない。Ａサインバーでワイルドになって、ホステスに悪さをするから止めたんだって。それを恨まれて、ぼこぼこにされていたんだって。悔しそうに涙をこぼしながら話したんだって。一対一なら負けないんだが、あいつらは卑怯だって。

トーキーママはそれを聞いて、アイエナー、こんなアメリカーもいるんだなって感心して、その日はアパートに泊めたんだって。それからジョージは、時々、トーキーママのアパートにやって来るようになったっていうわけさ。トーキーママも寂しかったんでしょうねえ。実の弟みたいに可愛がっていたってよ。

ジョージからベトナムに行かなければならなくなった、死ぬかもしれないと言われてね、もう不憫に思って我慢ができなくなって男と女の関係になったというわけさ。

一か月ぐらい、トーキーママはジョージと一緒に暮らしたはず。ジョージがアパートで待っているからって、Aサインバーからも早く帰ることもあったからねえ。ジョージは本当に食事を作って待っていることもあったってよ。「パラダイス」って言うのがジョージの口癖だったらしい。パラダイスっていうのは楽園っていう意味でしょう。トーキーママのアパートはパラダイスだ、トーキーママといるとパラダイスな気分になるってね。

トーキーママは、パラダイスは私の店の名前だよ、ここではないよ、って言ったけれど、それでも構わない、ぼくにとってはここがパラダイスだっていうわけよ。

ジョージは年下だけどね、やっぱり男だから力持ちさ。嬉しいときはね、トーキーママを抱っこして部屋中を走り回っていたというからね。時々はトーキーママをおんぶしてね、「飛行機でーす」って走り回ったり、また仰向けになって寝てからトーキーママをお腹に乗せて

「潜水艦でーす」とか言ったりしてね、笑わせていたらしい。トーキーママをお腹に乗せるときはね、波が来ますよ、揺れますよ、ざぶん、ざぶんって、アレしながら腰を振っていたらしいよ。そんな話をするときはね、トーキーママは笑いながら涙を流していたよ。

トーキーママにとっても、ジョージとの生活はわずか一か月だったけれどパラダイスだったんでしょうねえ。一か月間、何もかも忘れて、ジョージと一緒に笑って、ジョージを可愛がったはずよ。

一度、私はトーキーママのアパートに呼ばれたことがあったけれど、本当にジョージはオリコーグヮー（いい子）だったよ。私にも手料理を作ってくれたよ。トーキーママもジョージの傍に立って、カワイイグヮーフージーして（可愛い子ぶりっこして）からよ。二人は時々顔を見合わせて笑うわけさ。新婚さんみたいにね。羨ましかったさ。

私を呼んだときはね、ちょうどトーキーママの誕生日だったわけよ。ジョージがケーキを買ってきていてね、ローソクに火をつけるわけさ。生まれて初めて誕生日を祝ってもらったってトーキーママはすごく喜んでいた。

でも、ジョージがベトナムに行く日は決まっていたからね。トーキーママも、ジョージも辛かったはず。ジョージはね、両方の掌を広げて、右手を「サウス（南）ベトナム」、左手を「ノース（北）ベトナム」と言ってね、両手を組んで「いつかパラダイス」て言いよったって。

そしてね、トーキーママと自分のアレを指差してね。あれ、下のアレさ。「オキナワ」、「アメリカ」、「いつもパラダイス」ってね、笑わせよったって。

トーキーママはね、涙を流しながらたくさんの想い出話を私にしてくれたよ。

そうだ、コザ騒動の時もね、ジョージは基地から出てきてトーキーママのアパートにやって来ていたって。遅くから二人で、ゲート通りから中の町へ続く現場を見に行ったって。そしたら、ジョージはね、真剣な顔でね、これは沖縄の人たちの正当な怒りだ、素晴らしいってガッツポーズまでしよったって。トーキーママは感激してね、アイエナー、このアメリカーは、アメリカーじゃなくなっている。ウチナーンチュになっている、私の恋人になっているって思って、「ユウは、ウチナーンチュだね」って、抱きついたって言っていたよ。

ジョージの家は、アメリカ本国南部の貧しい州でね、いつもひもじくしていたって。それで私と心が通じ合えたかもしれないとも言っていた……。

ジョージがベトナムに行ってから、トーキーママは寂しそうにしていたけれど、すぐに家庭の不幸に襲われてね。私が幸せになったから神様が嫉妬したのかねえ、そのために家庭を不幸にしたのかねえって、トーキーママは泣いていたよ。

一つ目の不幸は、まず長く病気になっていたおじいが亡くなったこと。二つ目は、それからすぐにお母が自殺したこと。おじいは、お母に殺されたんじゃないかねって、悪い噂も出ていたからね。お母は辛かったはず。おじいとお母の病気を治すために働いているんだというトーキーママの夢は、結局叶わなかったわけさ。これだけでないよ、三つ目の不幸はね、新聞にも載っていたけれどね、頑張り屋の下の妹が、新聞配達中に自動車事故に遭ってね。撥ねられて即死。アメリカーの酔っ払い運転に撥ねられたわけさ。トーキーママはね、その時も大泣きしていたねえ……。

ベトナムに行ったジョージからはね。何度かトーキーママに手紙が届いていたみたいよ。ジョージはトーキーママの不幸を知って、励ましてもいたみたいだけどね。

ジョージからの手紙が来るとね、トーキーママは嬉しそうな顔をして、コウキさんの翻訳事務所から出て来よったよ。私も時々、ジョージからの手紙を見せられた。ジョージは、こんなに真面目だったかねえって、びっくりするぐらいだったよ。こんな兵隊さんもいるんだねえって、ホントに感心したよ。例えばね。私もまだ少し覚えているけれど、こんな手紙もあったよ。

親愛なるトーキーママへ。

たくさんの不幸が、あなたを襲っているようですが、負けないでください。楽しいことを思い出してください。ぼくにも辛いことはたくさんありますが、あなたとの「パラダイス」の日々を思い出して耐えています。あなたもそうしてください。ぼくが頑張っていることを思い出してください。

ベトナムでは、人間が殺し合っています。殴りあうのではなく殺しあうのです。山を焼いたり、家を焼いたり、人を焼いたり……。ぼくは気が狂いそうです。かつて沖縄のゲート通りで、車が燃え上がるのを見て拍手をしたけれど、今は火を利用する人間が恐ろしい。ここでは、人間が火を悪用している。火に人間が操られている。今ではローソクの火さえ怖い。そんな現場で、ぼくは生きている。生き続ける希望を失わないようにしている。

トーキーママの写真を眺めていないと、ぼくは生き続けることができない。精神のバランスを失いそうだ。ここは地獄だ。ぼくらは、もっと他人を愛すべきことを学ぶべきだ。ぼくのトーキーママ、早く会いたい。


たぶんこんな感じ。ジョージがベトナムから帰って来たら、二人は結婚するつもりでいたらしいけれど、だあ、ジョージが死んで、みんなパアになってしまったさ。

今年は、復帰してから三年目だよね。沖縄の基地は変わらないよね。でも、トーキーママもジョージも、もうコザにはいないよ。トーキーママはベトナムに行った。沖縄で、Aサインバー「パラダイス」のママを続けて、お金を稼いでベトナムに行ったの。「パラダイス」では私も一緒に働いたけれど、さすがにベトナムまではついて行けないさ。

トーキーママは、精神病院にいる妹の将来の目途がついたからと言って、決心してベトナムに行ったんだけど、私はAサインバーを辞めるわけにはいかないのよ。私にはまだ家庭の事情があるの。いつまでこんな水商売をしなければならないのかねえ……。

ジョージは戦死したと米軍は言っていたけれど、遺体は見つかっていないとも言ったの。それで、トーキーママは、ジョージは絶対死んでいない。ベトナムで行方不明になったに違いない。ジョージが私を呼んでいる。ジョージを探すんだと言ってベトナムに行ったわけよ。私は、ジョージは死んでいるよって止めたんだけどね。トーキーママはジョージを探して、ジョージの子供を生みたいって言っていた。

私は幾つになるのかって、あんたは私に聞いたの？　アイエナー、女の人に年齢を聞くのは失礼だよ。私の年齢はかってに想像しなさい。私のアレはまだ使えるよ。あんた試してみるねえ、あんたのお腹の上で、ジョージがトキーママにやったみたいに、ゆらゆらゆらゆら、私を揺らしてくれるねえ。

トーキーママはね、ベトナムでもバー「パラダイス」を開いているはずよ。繁盛しているかねえ。気になるさ。だって、Aサインバーの親友だものね……。

5
足

一九八五年六月二十三日のことだ。

ぼくらはいつも足を狙った。それが上官から教えられた戦術だ。このことはすぐに効果的だと確信した。

ぼくは沖縄県警の機動隊の隊員だ。念願かなって警察官に採用され機動隊員になった。嬉しかった。飛び上がらんばかりに喜んだ。やったぞ！　って、実際飛び上がった。

ぼくは、少年のころから機動隊員になるのが夢だった。憧れていたんだ。デモ隊に対峙してデモ隊をやっつける。このことが夢だった。沖縄は、いつでもデモ隊がいるからな。ぼくの夢を叶えるには都合のいい土地だ。

デモ隊は高慢だと思った。今もそう思っている。思い上がりもいい加減にしろと言いたい。デモはそれこそ政治的な威嚇行為だ。デモ隊の中に友人を見つけると、ぼくの心は燃え上がった。やっつけてやるぞ！　と。合法的にだ。ぼくは武者震いした。止めようがないんだ。ばくは最前列でデモ隊と対峙し、思い切り盾を、やつらの足指目掛けて振り下ろしたんだ。

盾の下は、当然死角になっている。マスコミのカメラにも写らない。写ったとしても、偶然の行為だと言い逃れることは容易なことだ。やつらの足の指先の骨は砕けた。やつらは悲鳴を上げた。いい気味だ。故意ではない。偶然なんだ。

もちろん、いつもいつもチャンスが巡って来るわけではない。それは仲間たちも知っている。ぼくたちは、統率という言葉にも憧れている。個人行動は許されない。チャンスが来れば絶対に逃さない。それだけだ。

ぼくの父も機動隊員だった。父はデモ隊と対峙して、火炎瓶の炎を浴びて死んだ。一九七一年十一月十日のことだ。今から十四年も前のことで、ぼくは当時十四歳だった。父の死は、次のように新聞で報道された。

沖縄返還協定の国会批准を一週間後に控えた一九七一年十一月十日、労働組合員など、およそ十四万人余の労働者が、返還協定批准阻止を訴え沖縄全土でゼネストを実施した。当日の沖縄は全島で麻痺状態となった。沖縄県祖国復帰協議会は那覇市内で県民大会を開催したが、一部の左翼系過激派はこのゼネストに乗じ、ヘルメットと白いタオルで覆面をして顔を隠した上、多数の火炎瓶や「ゲバ棒」を携行して集団で与儀公園の抗議集会に入り込んだ。

集会後、十万人におよぶ参加者は浦添市の琉球列島米国民政府庁舎に向けてデモを敢行した。沖縄県教職員組合を先頭に、軍用道路1号線を北に向かうデモ隊の列は四キロにもおよんだ。大多数は平穏なものであったが、隊列の中程にいた一部の左翼系過激派はデモの途中、泊高橋にある派出所や天久にある米軍施設に向けて火炎瓶を投げ込むなどの暴力行為を繰り返し、泊高橋派出所等が炎上した。このゼネストに際し、琉球警察では常設の機動隊の他、警察署勤務員等による特別機動隊を組織して対策を練った。

浦添市の勢理客《せりきゃく》交差点付近で、火炎瓶や「ゲバ棒」を持ったデモ隊が警備の機動隊と衝突した。デモ参加者や野次馬など数百人が居合わせた怒号と混乱の中で、火炎瓶を投擲した過激派を追って交差点に入ってきた機動隊員M（巡査部長・四八歳）が数名の過激派に捕捉され、棍棒等による殴打を受け、倒れたところを火炎瓶を投げられて火達磨となった。

この機動隊員が大きく炎に包まれると、デモ隊の中から悲鳴が上がり、次々に火を消そうとする者が現れた。最初は足で、次に横に転がった盾で覆い被さるように消火活動をし、最後には組合旗をかぶせて火を消し止めた。この機動隊員は直ちに救出され、ゼネストの主催団体である沖縄県祖国復帰協議会傘下の「県労協」の宣伝車に乗せられて、病院に運ばれたが脳挫傷、くも膜下出血で死亡した。

巡査部長Mこそぼくの父だ。ぼくはこの映像を、繰り返し繰り返し何度も見た。殉職という名誉を受けたが、それがなんになろう。父は悔しかったと思う。もちろん、父の突然の死に、母も長い間、泣いてばかりいた。

ぼくも悔しかった。十四歳のぼくは、父の死に関する記事を何度も読み返した。そして、その後も関連して報道されるたくさんの記事を集めて読んだ。父に過失はない。そう判断した。学校では、担任の女教師に慰められたが、ぼくは彼女を睨み返した。お前たちが、ぼくの父を殺したのではないかと。

ぼくは仕返しをするために勉強した。沖縄県警の機動隊員になる。機動隊員になってデモ隊をやっつける。その思いが、哀しみでうずくまっている母を励ます力になる。そう信じて頑張った。

高校時代には空手部に入部し身体を鍛えた。一人で毎日ジョキングをした。学校から帰ると、近くの柔道場へも通った。それは警察学校での訓練に耐えるためだ。一年も経つとぼくの肉体は、ぼくにも分かるほどにたくましくなり頑強になっていった。そして高校卒業時には警察官採用試験を受けて合格した。

担任教師は、大学卒業後にも警察官になる道はあると、大学進学を勧めたが、ぼくは強く睨み返して断った。父を奪ったデモ隊の最前列を先導した教師集団をも憎んでいた。何よりも、ぼくは長くは待てなかったのだ。

ぼくは担任教師には、なぜ警察官になりたいのか、その理由を告げなかった。しかし、父の故郷でサバニ（船）を漕ぎ、細々と漁師をやっている伯父にはその意志を告げた。当初、伯父は驚いていたが、しまいには肩を叩いて激励してくれた。伯父は、ぼくの父と男二人だけの兄弟だ。妹が一人いたが幼いころに亡くしていた。二人はとても仲良しだった。それだけに、ぼくの父の突然の死を嘆く思いは強かったと思う。

伯父とぼくの父は、戦前、祖父に引き連れられて一緒にパラオに渡りパラオで育った。戦後沖縄に戻って来て、伯父は漁師になり、父は警察官になった。

祖父は生粋の漁師だった。沖縄で体験したアギエー漁業（袋網漁法）の経験を生かして、パラオに渡り一攫千金を夢見た。それが当たった。数年で漁船を買い、現地の若者を雇い、幼い父と伯父を船に乗せた。励んだ漁業は、年々多額の富を築いていった。間もなく贅沢な暮らしもできるようになっていた。

しかし、この幸せは長くは続かなかった。戦争が始まり、祖父は軍属として漁船と一緒に徴用された。軍隊への食糧供出や荷役運搬の役割を担うことになった。そして島々の多いパラオ諸島で、時には兵器や兵士の輸送にもあたった。もちろん、伯父や父も一緒のことが多かった。

ある日、パラオコロール島からペリリュー島へ軍事物資を運ぶ命令を受け、祖父は危険を承知で船を出した。その船が米軍機に攻撃された。ペリリュー島への上陸を目前に機銃掃射に遭い、銃弾を浴びて戦死した。伯父も銃弾を右腕に受け、肩より下を切断するという大怪我を負った。父は銃弾を逃れたが、父の目前での惨事である。

乗船していた四人の現地人のうち、一人が銃弾を受けて死亡、頭蓋骨が割れた。船は破壊され、燃えながらペリリュー島の砂浜に突っ込んだ。

父と伯父は、少年時代をそんな戦争の中で生き延びてきた。それゆえに、伯父にとっては、なおさら父の死を無念なことに思えたのだろう。戸惑いながらも、ぼくの話を聞いてくれた。しまいには涙を流しながら、ぼくの肩を抱いてくれたのだ。

片腕のない伯父は、初め軍雇用員として働いた。採用した米軍をぼくは偉いと思う。戦後、パラオから引き揚げてきて、働く場所がどこにもなく、仕方なく軍雇用員になった。伯父は、そんなふうに笑って言うが、伯父にはつらい戦後の出発であったはずだ。やがて好きな海がいいと、伯父は蓄えたお金でサバニを買い、片腕の漁師になったのだ。

伯父と父には、妹が一人いた。妹はパラオのジャングルで亡くなった。祖父の死後、船を無くして陸に上がった伯父と父は、祖母と妹と一緒にジャングルの中を逃げ惑うことになる。右腕を失った伯父は、まだ傷口も完治していなかった。食料探しは、ぼくの父と祖母が、その役割を担った。そんな中で幼い妹が死んだ。餓死なのか病死なのかは、伯父も父も詳細には語ってくれなかった。残された三人で、ジャングルに遺体を埋めたという。

父と伯父、そして祖母の三人は、戦後、妹の遺骨を求めて二度パラオに渡ったが見つけることはできなかった。祖母は、その事を悔やみながら、父が殉死する数年前に亡くなった。祖母は、火炎瓶を浴びて死んでいった父の死を知らないでよかったと思う。

父や伯父、そして祖母にも様々な人生があったと思う。あるいは人生の何たるかも知らずに異国の地で死んでいった私の叔母にあたる幼い妹にも、幸せと不幸の時間があったと思う。ぼくにも幸せと不幸の時間がある。今は、どの時間の中だろうか。よくは分からない。

よく分からないものの多い中で、よく分かっているものがある。ぼくは沖縄が嫌いだということだ。ウチナーンチュが嫌いで、政治家が嫌いで、教師が嫌いだ。人間も嫌いだ。

ぼくの恋人順子は教師だ。教師を辞めたら結婚してもいいというぼくの申し出に、順子は笑みを浮かべるだけで教師を辞めようとはしない。逆にぼくに対して、教師という職業を好きになったら結婚してもいいと言う。それを聞くと、余計に教師が嫌いになる。

一九八五年六月二十三日、今朝の新聞を広げて読む。慰霊の日の特集だ。うんざりする。その傍らに「米軍基地内でタクシー運転手が殺される」と見出しがある。しめた、チャンスがやって来る。これでまた反基地闘争が盛り上がる。そうなればデモもあるだろう。復讐するには都合のいい日がやって来る。足を狙う絶好の日が訪れる。

ぼくは父の遺影を警察手帳に挟《はさ》んでいる。遺影を見つめて復讐を誓う。ぼくら県警機動隊の出番がくる。ぞくぞくする。

順子とは幼なじみだ。小学校から高校まで、ずっと一緒だ。ぼくの父の死も知っているし、死んだ理由も知っている。順子は高校卒業後、大学に進学した。大学を卒業して、中学校の社会科の教師になって結婚した。しかし、間もなく離婚をした。

ぼくは、順子の離婚の理由を尋ねない。尋ねようとも思わない。久しぶりの同窓会で会った順子と二次会まで一緒に飲み、その日のうちにホテルに行った。同窓会の席上で別れた夫も教員だと知ったとき、ぼくは順子を誘惑しようと思ったのかもしれない。

ぼくはベッドの中で、別れた夫よりも丁寧に順子の裸体を愛撫することを心がけた。教師を辞めようとしない順子を懲らしめ、またかつての教師であった夫への復讐だと思っている。特に順子の足を、指先を丁寧に愛撫する。

ぼくは、嫌いなものはたくさんある。好きなものは少ない。片手の指で数えるほどしかない。そんな少ない好きなものの一つに、伯父と同じように海がある。父も少年のころ船に乗っていた。父は陸に上がったが、ぼくは海が好きだ。海は、すべての嫌いなものに合わせる量に匹敵するほどに大きい存在だ。

ぼくは、非番の時は海に行く。海で潜っている。魚介類を眺め、ゆらゆら揺れる海藻を眺める。そして多くは、銛を持って魚を突く。正直に言おう。魚を突く快感は、盾でデモ隊の足指を砕く快感にとても似ている。時々、順子の足を突く幻覚に襲われる。

ぼくには父だけでなく、祖父や伯父と同じ血も流れている。漁師の血だ。海で獲物を狙い、陸でも獲物を狙う。

ぼくは、父を亡くした母と二人暮らしだ。姉は二人いるが、二人とも嫁いで新しい家族を作った。ぼくも、この世間を抜かりなく渡りたい。

ウチナーンチュの反基地闘争は、戦後一貫して途絶えることがない。たぶん、今後も続くだろう。基地がある限り、ぼくの復讐も続いていく。

反戦平和の戦いは、沖縄の財産だという。日本政府を相手にするだけでなく、世界と連帯し、広い視野で戦おうと呼びかけている。ぼくには、はなはだ都合がいいし、はなはだ可笑しい。人間の鎖で基地を包囲する計画があるようだが、そんなことは漫画の四コマよりも笑える。米軍にとっても、日本政府にとっても、痛くもかゆくもないだろう。特に日本政府にとっては右手に蚊が止まったほどにも痛みを感じないだろう。自己満足の範囲の行為だ。県民の溜まったストレスは、発散させるほうがいいのだ。理由も結果も幾とおりも考えられる。しかし、理由はどうであれ、少なくとも、ぼくにとっては都合がいい。そうすればデモ隊と対峙できる。

ぼくからの忠告として、沖縄県民は、日本政府や米国政府の意図に早く気づくべきだ。また、信頼しすぎるように思う。沖縄県民を裏切ることが彼らの快感なんだ。彼らは永久に沖縄を基地の島にすることを目論んでいる。沖縄県民は、もっと怒るべきだ。島の価値をもっと高く吊り上げるべきなんだ。政府が沖縄県に配分する年間予算を五倍ほど吊り上げてもまだまだ少ないはずだ。デモ隊は本気で怒り、本気で行動すべきなんだ。シュプレヒコールで満足してはいけない。本気で機動隊にぶつかるべきなのだ。父を殺したあの一九七〇年代のように。

ぼくは、いつでも本気で戦っている。本気で対峙する。本気でかかってきて欲しい。ぼくは足を狙う。絶叫する悲鳴。そんなことを考えると興奮する。もう待てない。戦いの前のエネルギーをコントロールしなければならない。冷静にならなければならない。いつもの儀式を行わなければ興奮は冷めやらない。

ぼくは順子に電話する。教師の順子に会って、丹念に足を愛撫するのだ。いつのころからだろうか。順子の足は魚の形からこの島の地図に似てきている。ぼくは喜びを抑えて順子の乳房を掴む。ゆっくりと手を震わせ、舌を這わせて足指を舐める。そして、銛を持った手の感触が、ぼくを幸せにするのを確かめるように、一気に突く。

6
砂

一九九五年六月二十三日のことです。

犯されるのは、あるいは私であったかもしれません。あの日、私は、もっちゃんや洋子ちゃんたちと一緒に海に行く約束をしていたのです。私は約束の時間に遅れてしまったのです。それが私の不幸の始まりです。私は辛いのです。だからといって、私はアメリカの兵隊さんに力づくで純潔を奪われたくはありません。

あの日は、とても陽射しの強い日でした。梅雨が明け、青空が広がり、何日も真夏日を思わせるような暑い日が続いていました。

もっちゃんこと玉城基子《たましろもとこ》と洋子ちゃんこと大嶺洋子《おおみねようこ》、そして私、宮城貴美子《みやぎきみこ》の三人は、同じK中学校の三年生でした。K中学校は沖縄本島中部の米軍基地の町、K町にある中学校です。三人とも体育系の部活をやっていました。私はバスケ部で、もっちゃんと洋子ちゃんはバレー部です。同じ体育館を使う部なので、自然にお友達になりました。

あの日、六月二十三日には地区中体連も終わっていました。私のバスケ部は二回戦で敗退しましたが、もっちゃんたちのバレー部は、ベスト四まで進みました。でも惜しくも準決勝で敗退しました。

私たちの学校では、地区大会で敗退し、県大会に出場できなかった部の三年生は、地区大会終了後に自主的に退部して、高校受験の勉強に取り組むのが決まりでした。だから私ももっちゃんも洋子ちゃんも、部活に明け暮れた日々が終わり、突然目の前に現れた自由な時間に少し戸惑っていたのです。

私たちの学校のクラスは、各学年とも三クラスずつありました。三年生になって、私ともっちゃんが同じ一組、洋子ちゃんが二組でした。三名で昼食が済んだ後の休み時間に相談したのです。次の休みの日にK海岸に遊びに行こうねと。私から言い出したのです。私がもっちゃんを誘い、もっちゃんが洋子ちゃんを誘いました。

六月二十三日は慰霊の日です。その日は木曜日でしたが、沖縄では公休日になります。沖縄戦での死者たちへ思いを寄せる日です。一瞬迷いましたが、その日が最も近い次の休みの日でした。

「関係ない、関係ない」と、もっちゃんが笑って答えるので、私も洋子ちゃんも「関係ない」

「関係ない」と笑って決めました。六月二十三日、その日の十一時にK海岸で待ち合わせることにしたのです。

K海岸は、砂浜が長く続いています。地元の人々にとって格好の憩いの場所です。地元の人々だけではありません。夏になると、那覇市や中南部の人々も潮干狩りや海水浴にやって来ます。

K町は五つの区から成り立つ町です。K海岸は町の中心街から離れたN区の外れにあります。人家からやや離れていますが、離れているだけに、みんなが遊ぶ場所にもなっているのです。住宅地からK海岸に行くには、N区と海岸との間にある広い畑地を横切る必要があります。その畑地を過ぎ、モクマオウやユウナの樹やアダンの樹が生い茂った防風林があります。海岸に並行に沿って茂っている帯状の防風林を抜けると、目前に青い海と白い砂浜が広がります。ユウナの樹やモクマオウの樹などが作る木陰では、お弁当を広げた家族連れを見かけることも、よくあります。

私たちは、中学校入学時から続いた部活動が終了した解放感と、突然やって来た自由な時間を、この海岸で共にのんびり過ごそうと思ったのです。高校受験は三月ですから、まだまだ先のことのように思っていました。

「私、おにぎり作って行くね」

私が、そう言うと、もっちゃんは「私は飲み物！」と叫び、洋子ちゃんは「私は、お菓子を持っていく！」と声を上げました。最初に私から誘った手前、気を使って「おにぎり！」と言ったのですが、二人は全く気にしていませんでした。

「泳ごうか」

もっちゃんが言いました。もっちゃんは我がK中学校バレー部のキャプテンでエースアタッカーです。近隣の学校にもその存在が知れ渡っていました。運動神経が抜群でいつも体育の時間には先生から誉められていたのです。

「まだ、寒いんじゃない？」

「大丈夫泳げるよ」

「着替えは？」

「隠れて着替えればいいじゃん」

「そうだね」

「それじゃあ水着を持っていこうか」

「賛成！」

「ビニールシートもね」

「そうしよう」

「まるでピクニックだね」

「ピクニックじゃん」

私と洋子ちゃんも体育系のノリで、すぐにもっちゃんの提案に賛成しました。そして、ルンルン、ワクワクしながら、その日を迎えたのです。

私がK海岸に着いたのは、約束の十一時を十分ほど過ぎていました。私はおにぎりを作るのに少し手間取ったのです。ご飯が炊けるのが予想以上に長くかかり、そのご飯をアツアツのままで握ることができずに、パタパタと扇で風を送り、冷やしながらおにぎりを作ったのです。両親は、例年のように既に摩文仁の慰霊祭に出かけた後だったので、手伝ってくれる人はいなかったのです。

急いで行ったK海岸は意外なことに人影はありませんでした。もっちゃんと洋子ちゃんの姿も見えません。私は、ほっとしました。私が二人よりも早く到着したのだと思ったのです。アダンの樹の横で、おにぎりと水着の入ったリュックを担ぎ直すと、示し合わせた待ち合わせの場所を目指して歩き出しました。

砂浜に、島ぞうりがめり込んで、歩きづらかったのを覚えています。それで私は、できるだけ砂浜に足がめり込まないように、アダンの樹やユウナの樹の陰沿いを歩きました。十一時を過ぎたばかりでしたが、陽射しは真上から差しているように思いました。

しばらく歩いた後、私は立ち竦みました。突然のことで驚きました。条件反射的に、しゃがみ込み身を竦めたのです。どうしてそうしたのかは今でも分かりません。石を投げたり、棒切れで叩いたり、大声を上げることができたかもしれないのに、と考えると、今でも後悔します。約束の場所に到着する直前でした。

最初は犬の声かと思いました。数匹の犬が唸《うなり》声を上げながら噛みあっているのかと思いました。すぐに違うことが分かりました。人間だと分かると、私は恐怖に襲われたのです。なんだか見てはいけないものを見てしまったという罪悪感にも襲われました。

アメリカ兵は三人でした。三人の大男が、もっちゃんと洋子ちゃんの身体に覆いかぶさっていたのです。

もっちゃんと洋子ちゃんは、衣服を剥がれ裸にされていました。覆いかぶさっている男の人の大きな尻が見えました。ズボンを脱いでいました。何をしているか、中学三年生の私にはすぐに分かりました。

男たちは犬のような唸り声を上げて喚《わめ》いているように思いました。もっちゃんと洋子ちゃんは大きな男の身体に全身を組み敷かれて、ほとんど見えませんでした。手や足だけが見えました。青いビニールシートからはみ出た足で、必死に砂を蹴っていました。

二人の男は、それぞれ、もっちゃんと洋子ちゃんの股の間に身体を割り込ませていました。

もう一人の男は、もっちゃんと洋子ちゃんの頭上にしゃがみ、血走った目を光らせて声を上げながら二人の両手を引っ張り上げているように思いました。その男と私は正面から向かい合うことになります。

私は固まってしまいました。その男はもっちゃんと洋子ちゃんを見ていましたから、顔を上げることはありませんでした。一瞬でも顔を上げると、私は見つかってしまうのではないか。心臓が張り裂けるように鼓動を打ちました。恐怖で息が詰まりました。慌てて樹の陰に隠れ、男と視線を合わせるのを避けて見ていたのです。

もっちゃんと洋子ちゃんは、激しく抵抗して砂を蹴っていました。その度に男たちは大声を出し、威嚇し、顔を押し付け噛むような仕種をしていました。やがて激しく砂を蹴っていた二人の足は死んだように動かなくなりました。もう一人の男も、もっちゃんの上に乗っていた男と交替して、もっちゃんを揺すりながら、もっちゃんの身体の上に覆いかぶさりました。尻が激しく波打ちました。

私は気が動転していました。腰砕けになって座り込んでいました。逃げ出そうとも思いました。でも金縛りにあったように身体が動きません。涙が流れて、遅れて来た後悔も起こりました。なぜそんな気持ちになったのかは分かりません。

三人のアメリカ兵は、死んだように動かなくなったもっちゃんと洋子ちゃんを見下ろし、笑い声を上げながら脱ぎ捨てたズボンを履きました。バンドを締めながら二人へ何事かを叫んだ後、私が隠れている側とは反対側の砂浜を悠々と歩いて行きました。足早に立ち去るのではなく、肩を揺すりながらゆっくりと歩いて行きました。

私は、見つからなかったことにほっとしました。同時に、二人を助けてやれなかった自分を激しく憎みました。声を上げずに息を殺してその行為を見ていた自分を激しく呪いました。死にたいくらいに後悔しました。それゆえに、しばらくは立ち上がることもできずに、二人の傍へ行くこともできなかったのです。

私は遅れたお陰で助かったと思いました。私が予定どおりに到着していたら、私もあの青いビニールシートの上で犯され、砂を蹴り、死んだように横たわっていたでしょう。

私は、やっとの思いで立ち上がり、横たわっている二人に歩み寄り、二人の間にひざまづきました。しばらくは声を掛けることができませんでした。二人は、やがて薄く目を開けて私を見ました。私の姿に気づくと泣き出しました。最初は小さな声で泣いていましたが、やがて私も抱き合って、三人で大声で泣きました。

二人は、私のことをなじることはありませんでした。批難することもありませんでした。私がじっと覗いていたことなど、全く頭に浮かばなかったのだと思います。私たちは、ただ抱き合って泣いたのです。それだけに、私は辛さが増し、苦しさが増し、後悔の念が大きく膨らんでいきました。私は私で、必死でこのことに耐えました。もっちゃんたちの苦しみに比べたら、とっても小さな苦しみなんだと自分に言い聞かせながら涙をこぼしていました。

Ｋ海岸からは、私の家が最も近くにあります。三人で手をつないで立ち上がり、私の家に行くことにしました。

私の家は、だれもいないことが分かっていました。父と母は、県主催の慰霊祭で摩文仁の平和祈念公園に出かけていました。私のおじいちゃんや伯父さんたちが戦争で亡くなっていたのです。父や母にとって摩文仁に行くことは、毎年の定例行事になっていました。私は一人娘でした。いつもだと両親と一緒に私も摩文仁の慰霊祭に出かけるのですが、今年は見送ったのです。

もっちゃんと、洋子ちゃんのところは、弟妹もたくさんいました。だから私の家で、シャワーを浴び、着替えをすることにしたのです。

私たちには、いくつかの選択肢があったはずです。三人で歩きながら、いろいろなことを考えました。泣きながら、いろいろなことを想定しました。そして、家に着くころには、うなずきあって誓い合ったのです。この事件のことは黙っておくことにしました。医者にも行かず、警察にも行かず、両親にも先生にも言わないことにしたのです。

もっちゃんと洋子ちゃんは、二人一緒に私の家の風呂場に入りました。石鹸をいっぱい身体に付け、ごしごしと互いの身体を洗っていたと思います。時々二人の泣き声も聞こえました。

風呂場から上がって来た二人の身体には、いたるところに擦り傷がありました。血が滲んでいました。薬箱を持ち出してきて、私の部屋で傷口に消毒液を塗り、オロナインやらヨードチンキやらをこすり付けました。それから二人は身体を寄せ合うようにして互いの傷口に薬を塗りました。

私はそれをじっと見ていました。そして、約束の時間に遅れたことを何度も悔やみました。私も一緒に犯されればよかったとさえ思ったのです。

私は独りぼっちでした。風呂場で二人が抱き合って泣いているときも、傷口に薬を塗っているときも、二人の間には入れませんでした。

翌日の金曜日に、私は学校へ行きましたが、二人は休んでいました。私は学校へ来たことをとても後悔しました。放課後に、すぐに二人の家を訪ねました。留守番をしていた弟や妹たちは、「姉ちゃんは学校へ行ったよ」と答えました。私は、昨日の事件のことを気づかれないように笑顔を作って二人の家を後にしました。

土、日は、休日でしたが、なぜか私は二人の家を訪ねることができませんでした。月曜日から、二人は何事もなかったかのように学校に出て来ました。そして笑顔を作って、私にも話しかけてくれました。しかし、どことなく、ぎこちなさは残ります。私は、二人の前から消え入りたくなりました。

私たちの仲がだんだんと疎遠になっていったのは、私が二人に向き合う時間に耐えられなかったからです。正確には、私たちの仲ではなく、私ともっちゃん、私と洋子ちゃんの仲です。

もっちゃんは、やがて妊娠したことが分かりました。

「私は、あいつらの子どもを絶対に生まない。絶対に育てない」

もっちゃんは強く決意を述べました。命を殺すことになる。十六歳の私たちには辛い決断でしたが、そうするほかないとも思いました。

しかし、その結論を実行する知恵が容易に浮かばなかったのです。人知れず闇に命を葬る方法がなかなか考えつかなかったのです。もちろん、お金のことも大きな問題です。

三人で知恵を出し合って考えました。三人に蓄えがあるはずはありません。自由に使えるお金なんかありません。援助交際、アルバイト、借金、夜のお仕事、カウンセラーへの相談、命の電話、アメリカ兵からの慰謝料の請求……、様々のことが頭を駆け巡りました。

妊娠の兆候は、もっちゃんだけに現れ、洋子ちゃんには現れませんでした。私と洋子ちゃんは何でもするつもりでした。しかし、もっちゃんは私たちが提案する方法に、なかなか「うん」とは言ってくれません。私たちも、考えることはできましたが、実行となると難しいことに気付いてもいたのです。もっちゃんもそうだったと思います。

何回目かの相談の時に、もっちゃんが言いました。

「私、生んでもいいよ……」

もっちゃんは、生むことを、あんなに強くきっぱりと拒んでいたのに、全く別の結論を私たちに言ったのです。もっちゃんの気持ちの変化が分かりません。理由があるとすれば、堕胎をする費用のことしか思いつきません。

「だめだよ、もっちゃん」

洋子ちゃんが、すぐに反対しました。

「お金のことは、なんとかするよ」

「いや、もういいよ。赤ちゃんが生まれるのは卒業後なんだから、だれにも迷惑はかけないよ。高校に行かずに赤ちゃんを生んで育てるよ」

「もっちゃん、それだけは辞めて。だめだよ。一緒に高校に行こう。ね、お願いだよ」

「今は、だれも気づいてないのだからさ。やり直せるよ」

「赤ちゃんを生んだら、あの事件のことが、みんな明るみに出るよ」

「いいじゃん、それで。明るみにして、あの兵隊たちを罰すべきよ」

「罰しても、されなくても、もっちゃんが赤ちゃんを生むことの辛さは軽くならないよ」

「あの兵隊たちの赤ちゃんだよ。育てられる？」

「赤ちゃんだって、辛いよ」

「一生がめちゃくちゃになるよ」

「もっちゃんには夢があるでしょう。体育の先生になって、バレー部の顧問になるんじゃなかたの？　あきらめたら駄目だよ」

私と、洋子ちゃんは、必死になって、もっちゃんを説得しました。それでよかったのかどうかは、今でも分かりません。

「分かった」

もっちゃんは、やがて泣きながら再び決意を翻しました。

私は、ほっとしました。もっちゃんが赤ちゃんを生まなければ、ずっと友達でいられる。また、洋子ちゃんのことも気づかれないで済む。洋子ちゃんも、もっちゃんも私の側に居続けて、仲の良い友達のままでいてくれる。そんなふうな気がしたのです。

それから三か月後に、私たちと同じような事件がまた起こったのです。今度は小学生でした。その事件は新聞でもテレビ、ラジオでも報道されました。県民の大きな怒りを呼び起こし、県内外で大きな反響を巻き起こしました。私たちの事件は、私たち三人の間だけで隠されましたが、明るみに出た事件は次のように報道されました。

一九九五年九月四日午後八時ごろ、沖縄のキャンプ・ハンセンに駐留するアメリカ海兵隊員二名とアメリカ海軍軍人一名の計三名が、基地内で借りたレンタカーで、沖縄本島北部の商店街で買い物をしていた十二歳の女子小学生を拉致した。小学生は粘着テープで顔を覆われ、手足を縛られた上で車に押し込まれた。その後、近くの海岸に連れて行かれ暴行された。

もっちゃんと洋子ちゃんを襲った三名がこの三名かどうかは分かりません。もっちゃんも洋子ちゃんも、もうあの事件を忘れたがっていました。

もっちゃんは、泣いて決意を翻した日、すぐに両親に相談して病院へ行きました。赤ちゃんを堕胎したのです。私と洋子ちゃんはびっくりしましたが、もう、もっちゃんには何も言いませんでした。私たち二人のアルバイトもなかなかうまくいかずに、お金は思うように貯まりませんでした。私たちは、あせってもいたのです。

もちろん、もっちゃんは事件の真相については両親にも黙っていました。嘘をついたのです。学校の男の子とエッチをしたと両親には話したそうです。父親には、顔を叩かれたそうですが、じっと耐えたそうです。

春になって、私たち三人は別々の高校に進学しました。もう部活もやりませんでした。そして、もっちゃんは高校卒業と同時に東京へ行きました。東京で転々と仕事を変えていると聞きましたが、今は何をしているか分かりません。

もっちゃんの夢は、中学校の体育の先生になって、強いバレーボール部を作ることでした。夢は摘み取られました。洋子ちゃんは卒業後、専門学校で介護師の資格を得て、今は県内の介護施設で働いています。私は、薬剤師になるために愛知県に在る大学に進学しました。卒業後も沖縄に帰らずに、愛知県内のN市立病院の薬剤部に勤めています。

私たち三人の判断は正しかったのかどうか。あの時のことを考えると今でも悩んでしまいます。勇気を持って告発した十二歳の女の子が正しかったのではないか。今ではそうも思われます。でももう時間は巻き戻せません。また、必ずしもそうとは言えないようにも思います。

私は純潔を守っています。また、永遠に結婚するつもりもありません。結婚するつもりはないのだから純潔など守る必要がないのではないかとも思います。でもこのことが、私の二人の友への義理立てだと思っています。私一人だけの密かな誓いにしているのです。あの時、奪われなかった純潔は、ずっと守り通してみせる。このことが、せめてもの二人への償いだと思っているのです。もちろん、二人は私の誓いなど知る由もありません。また知られなくてもいいのです。

私には、自慢するほどではありませんが、言い寄ってくる男性もいます。結婚を考えていると告白してくれる男性もいます。でも男の人が言い寄ってくると、私は、もっちゃんと洋子ちゃんが、必死に砂を蹴り上げていたあの光景が甦ってくるのです。そして死んだように動かなくなった二人の足の指の間から、音も立てずにこぼれていた砂のことが思い出されるのです。

もっちゃんと私と洋子ちゃんは、高校卒業以来、一度も会ったことはありません。会うことが怖いのです。永遠に友達だよと誓い合ったのに、私たちは友達でなくなりました。もっちゃんと洋子ちゃんが、どこで、何をしているのか、とても気になります。そんなときには、私は何度も何度も、繰り返し繰り返し、呪文のようにつぶやきます。

もっちゃん、洋子ちゃん、ごめんね。ごめんね、本当に、ごめんね……、と。

7

カマー

二〇〇五年六月二十三日のことです。

私はだれかって？　アリ。あんたは私のこと忘れたの。あんたも呆《ぼ》けたね。私はカマーだよ、前田加那子《まえだかなこ》、ワラビナー（童名）はカマー。

私はトーカチ（米寿）祝いをしたけれど、まだ呆けてないよ。七十、八十は、まだワラビ（子供）。百歳になったら一人前だね。

みんなが戦争のことを忘れるのは、一人前になれずに半人前のままで死ぬからなのかね。あんなに辛かった戦争のこと忘れてはいけないのに、何もかも忘れてしまうからね。人間は忘れないと生きていけないイチムシ（生物）なのかね。

「あなたは、どなた様ですか？」

アイエナー、兄《ニ》イニィよ。カマーだよ、カマー。アリ、アンスカ驚かんけえ（そんなに驚かないでよ）。鎌ではない。カマーだよ。兄ィニィに殺されたカマーだよ。迎えに来たんだよ。

「ぼくが殺した？」

ウー（はい）。

「カマー？」

ウー。カマーだよ。

「カマーは死にましたよ……」

死にましたよ。だから、私が迎えに来たんです。

「カマーは、ぼくが殺しました。まだ昔のことではありません。まだ百年経ってはいません。わずかに六十年前のことです」

だから、迎えに来たんです。

「ぼくは、生きています」

私は死んでいます。もう……、だから迎えに来たんだよって言っているでしょう。あの世から迎えに来たんだから、兄ィニィはやがて死ぬというわけよ。

あの世から兄ィニィを見ていたら、チムグリサヌよ（可哀相でね）。もう十分苦しんだんだから、もういいかねえって、迎えに来たわけさ。

「……」

もちろん、兄ィニィの生き死には、兄ィニィで決めることだよ。私で決められることではないからね。

でもね、あれは戦争のせいだよ。あれは事故だよ。戦争になると人間はフリムン（馬鹿）になるからね。

「戦争のせいではない。ぼくのせいだ」

そうだね……。兄ィニィのせいかもね。でもね、私は、兄ィニィのことを恨んでないよ。だから、心配しないでこっちにおいでって言いたくて、やって来たんだよ。あれは、仕方がなかったんだよって。

「仕方がなかったでは、済まされない」

済まされないものも、済ますのが人の世の中だよ。周りを見てごらん。済まされないものを済まして生きている人間はたくさんいるでしょう。日本の国もそうさ。これが世の中の習いでしょう。そんなことをいつまでも言っているから、幸子《さちこ》ネエにも逃げられるんだよ。

「なんであんたは幸子のことを知っているか？」

アレ、あの世からは、この世が見えるんだよ。幸子ネエはいい人だったのにねえ。幸子ネエと結婚したら兄ィニィも幸せになれるはずねって、お父もお母も、私も、お祈りしていたんだよ。

「ぼくは、幸せになってはいけないんだ……」

アイエナー、兄ィニィよ。この沖縄の人たちはね。辛いことは、みんな忘れて生きてきたんだよ。戦争中は、だれもかれもが辛い体験をしたさね。忘れないと生きられないでしょう。兄ィニィも早く忘れてくれればよかったのに。私や、お父を殺したことを……。

「お父を殺した？……。あんたは、本当にカマーか？」

アレ、カマーだよ。何度言ったら分かるのかねえ。私は、お父と、お母に、そろそろ兄ィニィを迎えておいでと言われて来たんだよ。お父とお母は、もう歩けないからね。私が家族を代表して来たわけさ。姉《ネ》ェネェも待っているよ。

「姉ェネェ？」

あれ、正子ネエと米子ネエさ。兄ィニィは、ほんとうに呆けたのかね。

「あんたは、お父とお母の名前を知っているか？」

あれまあ、兄ィニィは私を疑っているの？　お父の名前はね、前田亀助《かめすけ》、お母は前田ウシ。

「姉エネェの名前は？」

さっき言ったでしょう。前田正子と前田米子。これで信じてくれるかね。

「私は、だれか？」

前田忠行《ただゆき》さ。兄ィニィよもう。二番目の兄ィニィの名前も言えるよ。前田信行《のぶゆき》さ。

「教えてもらったら、だれでも名前を言えるさ」

アイエナー、戦争が終わっても、兄ィニィは戦争中なのかね。戦争で何もかも信じられなくなったんだねえ。信じたものが間違っていたからねえ……。私たちのことも、世の中の人たちは、集団自決とか、軍隊による強制死とか、日本国家への殉死だとか、いろいろ言うけれど、死んだ私たちは何も言えないさ。

「ぼくは生きています」

だから、分かったよ、ってば……。

兄ィニィ、よく聞いてよ、沖縄には、ユタ（巫女）がいるさね。分かるでしょう。ユタは、あの世とこの世を繋ぐ役目をしているさね。分かるでしょう。ユタは、ずっと昔から続いているさね。琉球王国の時代からさ。ユタがいるってことは、あの世があるってことだよ。あの世って、グソーヌユー（後生の世）さ。死んだ後の世のことさ。私が住んでいるところだよ。

私たち死んだ人が、生きている人のことを考えるとね、この世が現れるんだよ。この世の人たちが死んだ人たちのことを考えるとね、あの世が現れるんだよ。兄ィニィも体験したことがあるでしょう。あの世はある。だから、私はあの世から来たんだよ。あの世には戦争で死んだ人たちがたくさんいるよ。兄ィニィの友達のミツオもアキラもユキトシもいるよ。

「ユキトシ？」

ユキトシの一家も手榴弾で全滅したでしょう。ウチのお父は手榴弾で死にたい。手榴弾で死ねる人たちは羨ましい。一瞬で死ねるからな。苦しまなくて死ねるからなって、言っていたよね。でも私たちまでは手榴弾が渡らずに、鎌で首を切った。

「カマー？」

はいカマーです。

「カマーよ」

あい、やっと信じたんだね。

「カマー、ぼくは近ごろは、死んだ人のことばかり考えているよ。戦争のことばかり考えている。夢にまで戦争のことばかりが出て来るよ」

だから、私が出て来たわけさ。兄ィニィたちのことを戦争トラウマと言うんだよね。戦争の被害者だよね。だけど、戦争の加害者としても苦しむんだよね。戦争になると、だれもが生きるために被害者にも加害者にもなるんだよね。

「ぼくは、死にたかったのか、生きたかったのか、分からない。戦争の時も、戦争が終わってからも……、今も、ずっと分からない」

幸子ネエは、兄ィニィと生きたかったって言っていたでしょう。どうして幸子ネエと一緒に生きようとしなかったの？　せっかく二人とも戦争を生き延びたのに、どうして幸子ネエと結婚しなかったの？

「……」

幸子ネエは、もう死んでしまった。結婚もせずに、一人で寂しくしてね。戦争前に約束したんでしょう。幸子ネエと結婚しようって。

「お国のために一緒に死のうって約束したんだ」

死ぬ、死ぬ、死ぬ、死ぬ、ああ死ぬばっかり。なんで、兄ィニィは生きようとしないのかね。生きること、幸せになること、それが戦争で死んだ人たちへの一番の供養になるのよ。兄ィニィはいつでも、「ぼくは幸せになってはいけません」。アイエナー、こればっかり。私たちの死は、なんのためにあったのよ。

「分かりません……」

分からなくてもいいけれどね。分かってもらっても、もう遅いけれどね。私たち、あの世の人は生きている人たちに幸せになってもらいたいんだよ。それなのに「ぼくは幸せになってはいけません」ばっかり。アイエナー、なんねそれは。

戦争で生き延びた人たちも、歳を取ってどんどん死んでいくでしょう。後悔しても後悔しなくても、戦争と同じようにだれもが死んでいく。人は死を拒むことができないさ。死も人を選ばないさ。分かるよね。

「ぼくも歳を取った。やがて死ぬ」

そう、やがて死ぬから私が迎えに来たわけさ。私たちは、今は忙しいんだよ。戦後六十年、やがて死ぬ人が多くなってきたからね。やがて死ぬ人たちのところに行って、慰めないといけないからね。心配しないでこっちにおいでよ、って言うためにね、大忙しさ。この世とあの世を行ったり来たりしないといけないからね。

兄ィニィと同じように、戦争のことを思い出して、チムヤミーしている人（心を痛めている人）が、このごろは急に多くなってね。このチムヤミーは、医者でも治せないからね。あの世から、私たちが出張して来るわけさ。

「弟の信行は神様になった」

神様になった？

「西洋の神様を信じて、牧師になった」

うん、そうだったね、それは分かっている。あの世からは、この世がよく見えるからね。信行兄ィニィが神様を信じるようになったってのは分かっているよ。でも人の心の中までは、あの世からでもよく見えないんだよ。私たちは、明るい昼間は、なかなか外にも出ていけないからね。この世の人をびっくりさせないようにしているんだよ。あの世があると思われると、なんだか、みんなあの世に行きたがるんじゃないかねって心配なんだ。

信行兄ィニィも優しいグァだったからねえ。私は信行兄ィニィによく海に連れて行ってもらったよ。潮干狩りにだよ。キレイなお魚がいっぱ泳いでいてね。私がウニを踏んで足にトゲが刺さったときは心配してね。私をおんぶしてお家まで帰ったんだよ。針でね、マッチの火で針の先を消毒してからね、トゲを抜いてくれたんだよ。お父とお母が帰って来たら、カマーを怪我させたのかって怒られるからってね。痛いか、痛いか、カマー、我慢するんだよってね。お父とお母が畑から帰って来たときには、もう治っていたさ。

「……ぼくと信行と二人で、お父と、カマー、あんたを手にかけた」

あれ、泣カンケー（泣くな）。……六十年前のことだのに、泣くってあるねえ。仕方がなかったんだよ。お父は、お母と正子ネェと米子ネェの三人を手にかけたんだ。お父は、私と兄ィニィたち二人を手にかける体力も気力も、もうなくなっていた……。

お父に、殺してくれって、お願いされたんでしょう。お父は、もう心が弱っていたからね。自分の首も、私の首も、兄ィニィたちの首も切ることができなかった……。

忠行兄ィニィ一人では可哀相だからって、信行兄ィニィと二人で頑張りなさいって、鎌を渡したんでしょう?

「カマー?」

鎌です。

「信行は、戦後、日本人の言うことはもう信じないと言って、家を出て行った……。だれも信じないって、泣きながら家を出ていった」

それで、西洋の神様と出会ったんだね。信行兄ィニィは、優しいグァだったからねえ。自分がやったことに堪えられなかったんだねえ。西洋の神様が、自分を許してくれると思ったんだろうねえ。

あの日、米軍が私たちの島に上陸した日さ。だれも私たちを助けてくれなかったからねえ。天皇陛下も助けてくれなかった。日本軍も助けてくれなかった。学校の先生も助けてくれなかった。政治家も、お偉いさんも間違っていたんだからねえ。信行兄ィニィは、戦後になっても、人を信じることは容易にできなかったんだろうねえ。

「信行は、ぼくに言いよった。西洋の神様は優しい。戦争を生き延びた人は、だれもが罪を背負って生きていることを分かってくれているって」

アイエナー、信行兄ィニィは真面目すぎるんだよね。忠行兄ィニィと同じだね。

「ぼくは信行ではない」

そうさ。忠行兄ィニィさ。

「忠行と信行は同じじゃない」

あれ、忠行兄ィニィよ。もう、何が言いたいの？　頭が混乱してきたさ。

「西洋の神様は赦してくれても、ぼくは、ぼくの罪を赦せない」

兄ィニィ、幸子ネエは泣いてたよ。兄ィニィが、ぼくは幸せになってはいけない、って言っても、兄ィニィ一人だけの問題じゃないんだよ。その思いが幸子ネエの幸せも奪ったんだよ。幸子ネエも巻き込んだんだよ。一人で、幸せにならないって、力んでも一人ではないんだよ。みんな繋がっているんだよ。人間だから、人間だから……。

「泣くな！」

「泣くさ」

だから、もういいから、兄ィニィ、だれも泣かさないで。みんなで生きて、みんなで笑イカンティ、生きていくのがいいでしょう。

一緒に幸子ネエのところに行こう。幸子ネエはまだグソーでも一人で待っているよ。幸子ネエは、兄ィニィのことが絶対好きだから。今でも好きだから。

「ぼくは、幸せになってはいけない」

あり、また言った。アイエナー、忠行兄ィニィよ。兄ィニィは死んでも戦争のことは忘れられないんだね。どうしようかね。私が間違っているのかね。死んだ人を幸せにしては、いけないのかねえ。

8 夢

二〇一五年六月二十三日のことだ。

戦争が終わって七十年。この日、私はテロを見た。それも沖縄県那覇市での出来事だ。銃声の音を聞いたのだ。銃声の音だけではない。炎を見た。武装したテロリストたちを見たのだ。

新聞はそれを報道してくれない。どうしてだろう。ラジオもテレビもだ。恐怖の只中では一瞬、時間が硬直するというが、まさにそういう時間であったかもしれない。見渡すと、確かに怯えている人々が数多くいた。彼らは、きっと時間を奪われたのだ。

これまでだって、沖縄の人々は何度も時間を奪われてきた。土地の物語を奪われてきた。未来の物語を奪われ、重い枷を背負わされてきたのだ。それなのに、権力者たちは、「自由だと言え！」「平和だと言え！」と教えたんだ。こんなんで自由だと言えるものか。何が民主主義だ。何が平和だ！　何が自由だ！

少し、興奮し過ぎて、真実を言い過ぎたようだ。私が見たものを冷静に語ろう。私は新聞記者なのだから。今年は二〇一五年、私は復帰の年の一九七二年四月十七日に生まれた。だから今年は四十三歳になる。もう若造ではない。

私は地元の大学を卒業し、地元の新聞社に入社した。幸せなことだった。記者としても県内外を飛び廻り、様々な現場で取材した。芸能部、文芸部、政治部、そして今は社会部に所属している。鍛えられた私の目に曇りはない。冷静な判断力、公正で公平な視点、これが私たち新聞記者の誇りだ。

ここ数年、私たちの県では、米軍基地の在り様が問題になっている。ここ数年という言い方は誤解を生じるから言い直そう。私たちの沖縄県は戦後七十年、基地被害に苦しめられてきた。私たちの県の戦後史は米軍基地との闘いで占められている。その苦悩の歴史は終わることがない。長い間、日米両政府の高圧的な政策により、私たち県民は苦しめられている。これが正しい言い方だろう。

沖縄県の人口は、現在はおよそ百四十四万人だ。沖縄戦時の人口は五十万人ほど。そのうち十万人余の県民が死んだ。民間人を巻き込んだ悲惨な地上戦が行われたのだ。軍人を含め沖縄戦でのすべての犠牲者は、合わせると二十四万人余（平和の礎の刻銘数）にのぼる。そんな悲惨な体験をしたこの沖縄県に、戦後、日米政府は容赦しなかった。

まず一つ。日本政府は沖縄県民の戦争における犠牲的精神を顧みることなく、敗戦処理のために、素早くこの県を米国政府に譲渡した。沖縄県を生贄とすることによって、日本政府は敗戦からの復興を目指し、高度経済成長を果たして世界有数な経済国家になったのだ。

二つ目。日米の両国政府は、日米安保条約体制の下で、沖縄県に堂々と軍事基地を建設し、米軍政府が沖縄県を統治した。県民の平和を願う意志を無視し、沖縄県は二つの国の目論見どおり太平洋の軍事拠点として要塞化していったのである。

その他、容赦ない出来事は数多くある。列挙すると冷静さを失いそうなので他の機会に譲ろう。今回は冷静に語ることが重要だからだ。

もちろん、日本政府は、当初から、自らが切り捨てたこの県の悲鳴には耳を貸さなかった。なぜなら沖縄県は日本国ではないのだから。あるいは沖縄県という認識もなかったかもしれない。まさか、その認識の様態が、今日まで続いているとは思わないが、敗戦後、亡国の民となり植民地化された沖縄県では、戦後はやって来なかった。米国軍隊との戦いは継続された。しかも、それは孤独な戦いだった。

県民は、悲惨な戦争体験から、軍事基地化されていく現実と未来に「ＮＯ！」を突きつけた。平和な島を願い、軍事基地撤去をスローガンに掲げて日本国への復帰を希望した。そして一九七二年五月十五日にそれは実現した。しかし、基地は撤去されなかった。むしろ日本の安全を守るためにと、老朽化した基地は補修され、本土にある基地は沖縄県に移された。去る大戦と同じように、日本本土の防波堤としての役割はますます強化され、現在はさらなる新基地建設が画策されている。復帰の年に生まれた私の年齢は、復帰後の悲惨な歴史を数える年に重なっている。

沖縄は日本ではないと切り捨てる日本国の政治のあり方は、琉球王国を侵略した時代から今日までずっと続いている。「友達作戦」を装う米軍のやり方と同じ仮面の政治だ。強権的な政治構造は、被支配者の民には決して寄り添わない。沖縄県の声を拾わない差別的な構図は、虐《しいた》げられる側に立てばすぐに分かることだ。

滅ぼされた琉球王国は、小さな島国であった。小さな島国が大きな国家と対峙するにはどうすればいいか。琉球王国は武力を行使せずに知恵を絞り、思考を巡らして「万国津梁《ばんこくしんりょう》」の理想を掲げて王国を維持しようと努力した。それが島津藩の武力による侵略で崩壊させられる。傀儡《かいらい》政権となったのは一六〇九年のことだ。以後、四百年余もの間、琉球王国は凄惨な歴史を歩む。一八七九年には明治政府の武力による琉球処分が行われ、琉球王国は解体され、明治政府の傘下に組み入れられて沖縄県になる。少数者の知恵の歴史は消去され、権力者の武力の歴史が刻印されてきたのである。

ところが、私は見たのだ。夢ではないかと疑ったほどだ。権力者に対峙する少数者の行為であるテロリストたちの姿を。確かに数十人の武装した若者が、私の前を通り過ぎたのだ。島津藩の侵略から四百年、ついにその時が来たのだ。

沖縄におけるテロ行為は、常に権力者の側が画策した。武器を持つ国家が、武器を持たない民衆を虐げたのである。しかし、二〇一五年六月二十三日、支配される者が行使する真正なテロが出現したのだ。ゆめゆめ疑ってはならない。待望の夢が実現したのだから。

私がテロリストを見たのは、摩文仁で行われた県主催の慰霊祭の式典の取材を終え、社に戻る途中であった。私は新聞記者の習性で素早くカメラのシャッターを押した。彼らの姿を収めるためである。カメラに写った写真も確認した。この写真は、私の二十年間の記者生活で一番のスクープ写真になると直観した。記事と写真をすぐに社会部の部長に持って行った。すると、部長は、私の写真と私の顔を見て、苦しそうに微笑んだ。

「この写真は既に報道されている。フランスで発生したテロの写真だ」

そう言うのだ。断じてそんなことはない。この沖縄の地、那覇市で見たのだと、私は語気を強めて言い返した。

私は、アメリカや中国にも取材に行ったことがある。しかし、フランスには行ったことがない。フランスに行ったことがないのだから、私のカメラにはフランスで発生したテロリストの姿が写っているわけはない。だからこの写真はフランスの写真ではない。こんなふうに論理的に抗議したんだ。

　すると、部長は笑みを浮かべて次のように尋ねてきた。

「君は、トルコには行ったことがあるかね？」

「旅行中に、テロに巻き込まれた記憶はあるかね？」

「フランスに友人は？」と。

　私は、フランスとトルコは違うと言った。フランスと沖縄も違う。トルコと沖縄も違う。新聞社は、問題をすり替えてはいけないと力説した。

　すると、部長は私に構っている時間などないのだと言わんばかりに、私に背中を向けてつぶやいた。

「インターネットの世界は便利だ」

「君は、幸せな新聞記者だな」と。

　私は、部長に信じてもらいたかった。私が引き下がらないので、部長は言った。

「夢を見たのではないか」と。

　私は怒って机を叩いた。昼間に夢を見るわけがない。アイエナー、これは絶対に夢ではない。私は見たのだ！　私は確かに「睡眠時無呼吸症候群」を患っている。医師からそう診断された。だからといって昼間は無呼吸にはならない。酸素は確実に脳細胞に行き渡っている。私はそんな個人的な事情をも明かしながら懸命に訴えた。興奮した私を周りの記者たちが傍らから抱きかかえた。慰めながら別室に連れて行ってくれた。しかし、私の憤懣は収まらない。

私は冷静になって仲間の記者たちにも説明した。那覇市内を駆け回るテロリストたちの姿を見たことを。オスプレイを爆破するテロリストたち、米国領事館を占拠するテロリストたち、日本国家の出先機関である沖縄総合事務局に突入したテロリストたち、そして県庁を乗っ取り、知事を脅迫して、独立を宣言させたテロリストたち。そんな姿を見たのである。

彼らは私の話をうなずいて聞いてくれた。

「随分、たくさんのテロリストたちを見たんだね」

彼らは感心して誉めてくれた。この言葉に、私は少しだけ混乱したけれど、それが記者魂だと答えた。それから、私の記憶と頭脳は明晰に回転しはじめた。そうすると、歯止めが利かないほどに次々と私が見た映像が浮かんできた。私はその映像が消える前にと、仲間たちに必死に説明し続けた。

やがて、彼らは、私にコーヒーを淹れてくれた。私に飲むようにと勧めた。そして私の取材能力を誉め、感謝してくれたのだ。さすがに仲間たちだと思った。立ち上がって、彼らの肩を抱いたんだ。驚いて少し後ずさる彼らの顔が、おかしかった。

それから、私は小さな声で彼らに教えてやった。実は、この事件は数年前から計画されていたものだと。その証拠はある。私は証明できると。彼らは、いよいよ興味を示してくれたから、私は説明を厭わなかった。声を落として次のように述べた。

いいかい。みんなも知っていると思うが、沖縄県では五年に一度「世界のウチナーンチュ大会」が開催される。知っているよね。来年二〇一六年は第六回大会で、第五回大会は二〇一一年であった。去る第五回大会では、わが社はプロジェクトチームを組んで取材した。君らも知っているだろう。来年もそうなると思うが、第五回大会では私もその一員として取材した。名誉なことだった。

沖縄県は周知のとおり、日本有数の移民県である。戦前は貧しさから逃れるために移住し、戦後は米軍に土地を奪われたのが大きな原因だ。戦前戦後を通して多くの県民が海外へ移住したんだ。現在では北米・南米をはじめ、世界各地に三十六万人を超える県系人が活躍している。諸君、知っているよね。ぼくは取材のためにたくさんの資料を読んだ。祖先の苦難な歴史に触れるといつも涙が流れた。同胞への敬意と熱い思いを禁じえなかった。

ウチナーンチュ大会の期間は五日間。この期間には様々なイベントや交流が県内各地で開催される。前夜祭のパレード、ワールドバザール、シンポジウム、古武道の披露や空手の演技、ビジネスフェア、エイサー大会等々だ。

第五回大会での私の取材担当国は、南米移住の人々であった。実はその取材で、私はあっと驚く極秘情報を手に入れたのだよ。小さな声で話すから近くに寄ってくれ。いいかい。準備はいいね。驚くなよ。

実は、この大会で親しくなった南米の若者たちとビールを飲みながら、メーン会場であるセルラースタジアムの野外テーブルで歓談していたときのことだ。彼らは、声を潜めて私につぶやいたのだよ。沖縄では、日本政府からの差別的な政治が行われていることは理解している。このままでは、沖縄は永久に軍事基地の島になってしまう。沖縄の平和と独立を勝ち取るために、我々は武装蜂起を呼びかける若者たちの組織を作った。賛同者は世界各地へ広まっている。そのネットワークが着々と出来上がりつつあるのだと。

私は身震いした。信じられなかったが信じたかった。しかし、怖かった。沖縄県にもその組織を作り、私をその組織作りに参加させようとたくらんでいるのではないかと疑ったからだ。

私は額から流れ出る汗をハンカチで拭った。笑顔を浮かべて彼らを見渡した。そして彼らの情報を一笑に付した。あまりにも唐突だったし、あまりにも危険であった。そう思うほどに彼らの情報は詳細で現実的であったのだ。それゆえに、世間に明らかにすべきでない情報のように思われたのだ。

私は、私の動揺を悟られないように、できるだけ笑顔を浮かべて話した。私は彼らに対してこう言ったのだ。この情報は沖縄県民としてとても興味がある。情報を提供してくれたことに感謝したい。しかし、とても危険だ。慎重にことを運ばなければ成功しない。そう言った。そして、その後すぐに彼らと「サルー（乾杯）」と言い合って乾杯をした。私は動転してその話題を閉じたのだ。私の意向を察した彼らは、二度とその話題を口にしなかった。その後は沖縄の文化談義に終始したのだ。

私は、あの時、話を拒んだことを今でも悔やんでいる。あの時、私がもっと耳を傾けていたら、世界を仰天させるスクープ記事が書けたのではなかったか。彼らがその話題をなぜ、新聞記者である私に打ち明けたのか。きっと、記事にして欲しかったのではないか。そのことによって、世界の反応を読み取ろうとしたのではなかったか。少なくとも日本政府や米国政府の反応を見て、その後の計画に取り入れようとしていたのではなかったか。

彼らの真意は今でも不明だが、この四年間、沖縄に米軍基地の問題や様々な課題が噴出すると、私は彼らの姿や言葉を思い出した。彼らがやって来ることを夢想したのだ。彼らの言葉に真摯に耳を傾けていたら、少なくとも今年のテロを予測できたのではなかったか。そう思うと、四年遅れのスクープ記事だが、今度こそは躊躇してはいけないのだ。

私は、同僚の記者たちに言ってやった。真実を疑ってはならない。ニュースを扱う新聞記者としては想定外のことであっても事実に目をつぶってはならない、耳を塞いではならない、躊躇ってはならないと。私たちの使命は真実を伝えることだ。見たがままの真実を県民へ知らせ、世界の同胞へ伝えることだ。付加価値をつけなくてもよい。見たままの出来事を世界に発信すること。これが使命なのだと。

今度は、彼らがぼくの肩を組み、コーヒーのお代わりを注いでくれた。彼らは分かってくれたのだ。私が辺野古新基地建設の取材で、機動隊にしたたかに頭を殴られて転倒したことを。気を失って救急車で病院へ担ぎ込まれたことを。そして、数か月もの間、入院を余儀なくされたことを。彼らは私の情熱を分かってくれたのだ。

でも、すぐに記事にしないのはなぜだろう。彼らは私の言葉にうなずいてはくれるが、私の話を聞いて、声を立てずに笑ってばかりいる。私は、私の署名記事でもよいと彼らに伝えた。彼らはうなずいたが、立ち去ろうとはしない。彼らには他社に先を越される不安はないのだろうか。私は考えた。そうか、彼らには切実感が足りないのだ。沖縄の歴史に無知なのだと。

私は、もう一度若い彼らに向かって話す必要を感じた。沖縄の近代の歴史を話すべきなのだ。話せば分かる。彼らは優秀な新聞記者なのだから。歴史はだれにでも公平だとは限らない。それが歴史の特質だ。歴史の風景は多面体の山の一面しか見せてくれない。光は一面にしか当たらない。歴史の真実は多くの人々には見えないものなのだ。

私はコーヒーを一口飲み、カップを置いて話した。

諸君！　沖縄の近世期、近代期の歴史は、屈辱にまみれた歴史だ。戦後の歴史は、もっとひどい。小さな山さえ築けない。地すべりで切り捨てられた小さな丘の歴史だ。時代の渦中にあっては、その実態は相対化できないものだが、今の時代は時を経てきっと未来に相対化される。このままでは、この時代の大きな屈辱の歴史が多数刻印されることとだろう。

諸君！　沖縄の敗北の歴史は一六〇九年に島津藩の琉球王国への侵略から始まる。この出来事を記憶することは、とりわけ重要なことだ。島津藩は、清国との貿易を続ける琉球王国の利益を搾取した。幕末に薩摩藩が力を発揮したのは琉球王国から搾取した利益の蓄積があったからだ。嘘ではない。薩摩はこのことを懸命に隠蔽しようとしているが、これは本当のことだ。

沖縄の近代期は差別と偏見の歴史だ。一八六八年に明治政府が樹立され、日本国家がスタートする。一八七一年には全国で廃藩置県が実施される。江戸は東京となり薩摩は鹿児島県となる。しかし、唯一琉球は廃琉置県とはならなかった。日本国家の枠組みの外の琉球王国であったからだ。その特殊事情ゆえに鹿児島県の管轄下に置かれる。なぜか。それは、当時琉球王国の帰属を巡り、明治政府と清国との間で分島案などが画策され、交渉が開始されていたからだ。

一八七四年、明治政府は「征台の役」を口実に軍隊を台湾に派遣する。それから五年後の一八七九年、明治政府は琉球王国にも軍隊を派遣する。清国との交渉を反故にして琉球王国を解体し、沖縄県を設置する。これを明治政府は「琉球処分」と名付けた。忘れてはいけない。ここから現代に繋がるさらなる苦難の歴史が始まるのだ。

諸君！　明治期の琉球処分の歴史から数えて、今日まで一三六年の歳月を積み重ねた。この間、沖縄では何があったか。県民の苦難と幸せを天秤にかけてみよう。一目瞭然である。言語は奪われ、利益は搾取され、戦争での犠牲は顧みられず国家から切り捨てられ、土地は奪われ、軍事基地は押し付けられ、新基地建設に反対すると、国家予算さえ削減される。これが沖縄の歴史だ。搾取と圧政の歴史ではないか。

かつては「人類館事件」さえあった。これも忘れてはならない差別の歴史だ。一九〇三年、大阪天王寺で開かれた第五回勧業博覧会の「学術人類館」において、アイヌ・台湾高砂族・沖縄県・朝鮮・清国（支那）等の国々合計三十二名の人々が、民族衣装姿で一定の区域内に住みながら日常生活を見せる展示を行ったのだ。人間を展示物にしたのだ。辺境の民を制圧したとの日本国家の威信を示すためだとも言われているが、人権無視も甚だしい。

明治維新後、沖縄は「日本」の一部として組み込まれることになるが、いいことは何もなかった。利用されただけだ。差別や偏見の事例は、数え上げたらきりがない。近代期には、店先に「リュウキュウジン　オコトワリ」の看板を掲げられることもあった。食堂には入れないし、就職もままならない。明治期の人類館事件は、沖縄差別の典型的な例として歴史に刻まれることになったが、平成期の沖縄もまさに人類館そのものだ。日本国家の沖縄に対する意識は変わってない。

諸君！　なぜ我々は、言語を奪われ、方言札を下げなければいけなかったのか。なぜ我々は土地だけでなく、命をも奪われなければならなかったのか。

諸君！　我々から土地を奪った傲慢な権力者は、今度は海を奪い、新軍事基地建設を目論んでいる。我々に残された解決策は、ただ一つ。テロだ！　このテロは我々の新しい歴史を作る。新しい時代をつくる唯一の手段だ、一条の光明だ。

しかし……、どうして私の話をだれも聞いてくれないのだろう。この話をすると、私の周りには、いつもだれもいなくなる。気がつくと私は私に向かって話しているに過ぎない。クライマックスはいつも寂しい。私は右手に握ったコーヒーの匂いを嗅ぎ、強く啜った。

私の内面は、まだ喧騒のままだ。選ばれた者の誇りと陶酔が渦巻いている。無念の思いで夭折した郷里の死者たちの声と海鳴りが、耳の奥で大きく響いている。

私はいつの日か、私が書いたスクープ記事と、私が撮ったテロリストたちの写真が新聞に掲載されることを望んでいる。そうでなければ、勇気を振り絞って立ち上がったテロリストたちに申し訳ない。今の時代に責任が持てないし、先祖に面目が立たない。

私の高祖父は首里王府に仕えた役人だ。私の家系は脱清人《だっしんにん》の系譜である。高祖父は、尊敬する首里王府の一高官と共に清国に渡り、明治政府から搾取される琉球王国の救済を申し入れた。しかし、清国はその救済を曖昧にした。高官はその地で自害した。

高祖父は、清国へ渡ってから十五年後に数人の仲間たちと一緒に琉球に帰って来る。一時は帰って来ることを諦め、中国福州の地で命を終えることを考えたという。しかし、故郷首里の風景が忘れられずに、また自害した同志の遺骨を家族の元に届けたくて、戻る決意をしたようだ。

首里に戻って来た高祖父には昔の凛々しい若者の姿は残っていなかった。老いぼれたままで枯れ木のように時代の風雨に曝される。帰郷して間もなく、高祖父は自ら命を絶つ。

私は、今から五年ほど前、石垣島の隣の竹富島の古式行事を取材に行ったことがある。その時、不思議な体験をした。私の名前から、私が宿泊している宿を訪ねて来た老人がいた。なんと、私の高祖父と一緒に清の国に渡った脱清人の末裔だというのだ。脱清人とは、明治初期、琉球処分に反対し、琉球王国の維持・存続をかかげて清国に脱出し琉球王国の救援を請願した人々のことをさす。一族は、遠く首里の地からこの地に移住して来たというのだ。私たちは何度も何度も名乗りあい、感激してその晩遅くまで酒を酌み交わした。

私は、城間盛祐《ぐすくませいゆう》と名乗ったその男のことを忘れられない。同時に、竹富島の古式行事の中で村の古老たちが歌っていたユンタも忘れられない。島に豊年をもたらす神を招く歌だ。沖縄のことを考える度に、あの手招きと、あの歌を思いだす。来世から聞こえて来るような荘厳な響きを持ったあの歌は、竹富のユンタ、「ニーロースク」である。目を閉じる。音楽が流れる。あれは私が見た現実だ。

大海原から来る船は　何を乗せて来る船か
弥勒世《ミルクユ》を乗せて来るよ　神の世を乗せて来るよ
ウヤキ　ユーバ　タボウラル（宝の世をいただこう）
竹富島に取り付けよ　琉球国に取り付けよ
ウヤキ　ユーバ　タボウラル

※ニロースク＝ニライカナイ（伝説の楽園の島）

私はこの歌に、私の生まれた沖縄県の姿を投影している。弥勒世の来訪を祈っている。

私のスクープ記事は、まだ新聞に載っていない。

私の周りには、妙な人々がうろついている。白衣を着た医師や看護師たちも見える。私の情報を盗むつもりだろうか。データは消却した。まさか頭にインプットされている情報まで盗み出されることはないと思うが、気になることはたくさんある。私の周辺で何かが起こっている。

私の前には緑鮮やかな庭園がある。コンクリートの壁なんかない。あのテロリストたちが取っ払ってくれたのだ。私はテロリストを見た。私たちにとって一縷の希望である。

戦後七十年、あと三十年を加えると戦後百年だ。守礼の国に第二、第三のテロは起きるだろうか。十年後の二〇二五年、さらに十年後の二〇三五年、さらに十年後の二〇四五年……。この地の未来の物語は、まだ紡がれていない。友よ、希望は確かにある。

〈了〉

嘉《か》数《かず》高《たか》台《だい》公《こう》園《えん》

I

「あれが、米軍の普天間《ふてんま》基地か……」

「これほど住宅地域に隣接しているとは思わなかったなあ」

「そうだね、ここからだと、はっきりとオスプレイが見えるわ。双眼鏡なんか必要なかったわね」

「嘉数高台公園《かかずたかだいこうえん》は見晴らしがいいだけに、沖縄戦でも激戦地になったらしいよ。上陸した米軍の首里《しゅり》方面への進攻をここでくい止めたらしいからね。一進一退の攻防戦が十六日間も続いたらしいよ」

「この前線を破られて、首里司令部は観念して南部へ撤退したと、ぼくも何かの本で読んだことがある。この辺りにはその面影を残す旧日本軍の陣地壕跡が、今でもだいぶ残っているそうだ」

「そうなの?」

「不発弾が、まだあるかも」

「ええっ?」

「幽霊が出るという噂もある」

「本当なの?」

「うん、まだ成仏できない戦死者たちが彷徨《さまよ》っているそうだ」

「ここでの戦死者は、日米両軍合わせて約八万八千人と言われているからなあ」

「そんなにたくさんの人々が死んだのなら……」

「幽霊の出ないわけがない」

「怖いわ」

「……」

「嘘だよ、嘘。冗談だよ」

「もういやだ、びっくりさせるんだから……」

大学生らしい若者の集団から大きな笑い声が上がる。

ここ嘉数高台公園の展望台は多くの人々の訪問で賑わっている。訪れる人々の声は公園を取り巻く深い雑木林の中まで分け入っていく。

嘉数高台公園が、ここ数年特に注目を集めているのには幾つかの理由がある。一つは、ここが沖縄戦の激戦地であったこと、もう一つは日米両政府が普天間基地にオスプレイを配備したからだ。ここ嘉数高台公園の展望台からは普天間基地がはっきりと見える。そのオスプレイを見に地元の人々だけでなく、本土からの観光客や政府関係者や平和団体なども押し寄せて来る。

大学生らしい若者のほかにも観光客と思われる一組の集団がいる。二十名前後の集団だが、その集団に向かって案内人の中年の男性が基地を指差しながら声を張り上げて説明している。首から胸の前に吊したネームプレートが風にあおられて時々翻る。

「オスプレイとは、垂直離着陸輸送機MV22オスプレイのことです。それを略してオスプレイと呼んでいます。オスプレイはヘリコプターと飛行機の長所を合体して造られた新型の航空機で、プロペラを有した回転翼の角度を飛行中に水平から垂直に変えることができます。それゆえに、ヘリコプターのように垂直に離着陸できるので、長い滑走路の必要がありません。また固定翼機のように、速力を維持して遠距離を飛ぶことができます。米軍はオスプレイのことを軍事作戦のあり方を変えるドリーム・マシーンと呼んでいます。ただし開発には一九八〇年代初頭から二十五年もの歳月を有し、操縦も難しく、事故も多いことから未亡人製造機というニックネームも付けられています」

集団の中で小さなざわめきと苦笑が起こる。ボランティアと思われる案内人の男性は、なおも緊張した表情で、基地と集団を交互に見ながら説明している。

「実際、オスプレイは二〇〇〇年代から実用配備された後にも事故が多発し、その安全性を危ぶむ声が上がっています。しかし、米軍はオスプレイの機能と役割を重視して、その配備計画を遂行したのです。オスプレイが配備された普天間基地は、今、ご覧になって分かると思いますが、住宅地域に隣接しています。事故にでもなると大惨事になります。また、オスプレイの配備は基地の強化や固定化に繋がるのではないかと沖縄県民の多くは反対しました。しかし、その声は無視されました。これまでも基地被害に悩まされてきた県民にとっては大変迷惑な話で、オスプレイは他の飛行機よりも騒音はさらに大きく、その音と比例するように県民の不安も大きくなっているのです」

今度は、うんうん、とうなずく声が集団の中から上がる。どうやら観光目的の客ではなく、政治的な集団かもしれない。あるいは平和学習のための集団かもしれない。老若男女が入り混じっている。案内役の男性の説明は詳細に渡っている。傍らの学生たちも目の前に現れた案内人の説明に、いい機会を得たとばかりに集団の背後に並んで耳を傾けている。

「普天間基地は、日本本土の米軍基地の多くが国有地であるのに対して民有地です。戦後、日米両政府は、沖縄の軍事基地化を目論み、島全体を太平洋の要石《かなめいし》にするとして土地の一括買い上げを画策しました。しかし、住民は抵抗してそれを許しませんでした。民有地のままで残っているのは、その当時の島ぐるみ土地闘争と呼ばれた闘いの成果です。普天間基地一帯は、戦前には幾つもの集落が点在する農村地帯で、道路の両脇には美しい松並木がありました。さつま芋の栽培などが行われていた長閑《のどか》な村落があったのです。しかし、一九四五年四月一日、米軍は北谷《ちゃたん》、読谷《よみたん》海岸へ上陸すると、あっという間に普天間まで進行して来たのです。戦争が終わって、地元の人々が避難先や収容所から住み慣れた故郷の地へ帰って来ると、そこにはもう昔の面影はありませんでした。松並木は切り倒され、人家は押しつぶされ、滑走路が建設されていたのです。土地は強奪され、自分の土地であるのに、立ち入り禁止の看板が掲げられ、米軍基地になっていたのです」

「ううん、それはひどい」

「銃剣とブルトーザーで土地を奪ったという話だな」

集団のあちらこちらから、ため息の声が上がり相槌を打つ姿が見える。案内人はなおも続ける。

「オスプレイの配備以前から、ここ嘉数高台公園は、自衛隊員や米軍基地の兵士などが頻繁に訪れる場所になっています。ここは、嘉数高地と呼ばれた沖縄戦での激戦地でもあるからです。沖縄本島上陸とともに進攻を開始した米軍は、この嘉数高地で日本軍の最初の大きな反撃に遭います。陣地壕を築いて迎え撃った日本軍の配置、米軍の進攻経路、攻撃の開始時刻や場所などを確認しながら、ここは沖縄戦を振り返り、作戦を学ぶ場になっているのです」

人々は、さもありなん、という表情で辺りを見回す。若い学生たちもうなずいている。

「かつての激戦地は、今では嘉数高台公園として整備され、多くの市民の憩いの場になっています。周回道路が造られ、その道路沿いには寒緋桜《カンヒザクラ》の樹などが植えられています。寒緋桜は、旧暦の正月のころに一斉に薄紅色の花を付け、花見の客なども訪れます。どうぞ、周りをゆっくりとご覧ください」

興奮気味に話していた案内人の声は、やっと落ち着いてきた。集団の人々はそれぞれの感想をささやきながら周りを見回した。

嘉数高台公園は、上下の二段構造になっている。下段の平地の広場には砂場が造られ、鉄棒や滑り台などの遊具が備えつけられている。子どもたちの格好の遊び場になっている。また芝生の植えられた広場では、時々、ソフトボールに興ずる人々もいる。周回道路ではジョギングを楽しむ人々もいる。日曜、祭日ともなるとピクニック気分で弁当を広げる家族連れも多い。

展望台は、もちろん上段にあり、公園の東側に設置されている。展望台に行くには、公園中央部にある階段を一二〇段ほど登るのが最短距離だが、ゆったりとした周回道路をゆっくりと歩いて登る人々もいる。

展望台はコンクリートで出来た大きなキノコ型の三層の建物で、青いペイントを塗っている。中心がくりぬかれて螺旋状の階段があり、それを登ると頂上の展望台広場に到着する。展望台広場はドーナツ型になっており、一度に百名ほどの人々が集うことができる。展望台は高台からはさらに十メートルほどの高さに位置するから、視界を遮るものはほとんどない。三六〇度の景色が見渡せる。

学生たちは、二、三十名の集団が階段を降りて行った後も、それぞれが普天間基地を眺めながら立ち去ろうとはしない。

「やっと皆さん帰っていったなあ」

「皆さんか」

「本土からやって来た平和団体かな?」

「ウチナーンチュ(沖縄の人)ではないよな」

「農協さんかな?」

「おいおい、農協さんはもう死語じゃないか」

みんなが、笑い声を上げる。

「それにしても、ボランティアガイドの説明はいい勉強になったな」

「俺たちのゼミの授業よりも分かりやすいぜ」

再び笑い声が上がる。

「ねえ、淳平君《じゅんぺい》、何しているの？」

笑い声の中から、一人の女子学生が男子学生の名を呼んで近寄り声を掛ける。淳平と呼ばれた学生は、双眼鏡を目に当てて普天間基地を眺めながら、ぼそぼそと何事かをつぶやいている。

「……ＣＨ４６Ｅ中型ヘリ23機、ＣＨ５３Ｅ大型ヘリ４機、ＡＨ１Ｊ軽攻撃ヘリ５機、ＵＨ１Ｎ指揮連絡ヘリ４機、ヘリコプターの合計は36機。その他の固定翼機は16機で、ＫＣ１３０空中給油兼輸送機ハーキュリーズ12機……」

「おいおい、待てよ、淳平、何だ、それは」

「普天間基地に常駐しているヘリコプターと、その他の航空機の種類と数だよ。常駐機は全部で52機だそうだ。宜野湾市《ぎのわん》役所のホームページで検索すればすぐに分かるよ」

淳平と呼ばれた学生が、背負ったリュックの中からプリントアウトした数枚の写真を取り出した。

「どれ、見せろよ、その写真」

周りの学生が、プリントを覗き込む。その中の一人が声を上げる。

「カッコイイ！」

　オーバーなリアクションを付け、カラフルなプリントを捲り、ヘリコプターや航空機の写真を見て感嘆の声を上げる。

「今、カッコイイって言ったの？　それ、ひどいんじゃない？」

「だってカッコイイんだもん」

「殺人マシーンなのよ。どうしてそんな感想が持てるのかしら」

「平和をつくるマシーンでもあるし」

「誤魔化さないで。それだから沖縄は、いつまでも馬鹿にされるのよ。構造的な差別以前の一人の人間としての姿勢の問題だわ」

「まあまあ、お堅いことは言わないで。世の中、聞きづらいことは聞こえない振りをすれば、すべて丸く収まるんだから」

「聞こえない振りをしないために、私たちは今日、普天間基地を見に来たんじゃないの」

「ぼくは、普天間基地より、トロピカルビーチの方が好きなんだよなあ」

「ええっ？」

「あの太陽のまぶしさ、あの海の青さ、これが青春なんだ。みなさん左手前方をご覧下さい。遠方に白い砂浜と青い海が光っているのが見えます。あそこがトロピカルビーチで〜す」

「茶化さないでよ」

一人の女子学生が、男子学生に詰め寄る。

「瑤子《ようこ》ちゃん、もういいでしょう」

瑤子と呼ばれた女子学生は、同じ仲間の女子学生に宥《なだ》められている。

瑤子はそれでも男子学生を睨みつける。

「はい、はい、分かりました。ゴメンナサイ」

「うん、もう……」

展望台で交わされる若者たちの会話は、様々な模様を作って風の中を飛び散っていく。やがて、再び明るい笑顔と話し声がみんなに戻る。

展望台の北側には、確かにトロピカルビーチが見える。その手前にはコンベンションセンターや観光ホテルが見える。プロ野球球団横浜ＤｅＮＡベイスターズが春のキャンプで使用する野球場も見える。東側の普天間基地のさらに遠方には北谷の海岸やハンビータウンの観覧車も見える。

「あれ、オオゴマダラだ！」

淳平と呼ばれた学生が一匹の蝶を指差す。眼下の樹木の木漏れ日の中をゆっくりと飛んでいる。

「本当だ、白い大きな翅《はね》に、黒いまだら……、オオゴマダラに間違いないわ、きれいだねえ」

若い学生たちの視線の先で、オオゴマダラはゆっくりと翅を動かし、大気の中を泳いでいる。

「蝶は、沖縄では死者が転生した姿だとも言われているよね」

「そう、そう、死者のマブイ（魂）が蝶になる。摩文仁《まぶに》の断崖絶壁にも多くの蝶が群れているそうだよ」

「摩文仁だけでなく、ここにも沖縄戦で亡くなった人たちを祀る慰霊の塔が建っているよね。ほらここからも見えるわ。……京都の塔、嘉数の塔、青丘《せいきゅう》之塔、島根の兵奮戦之地……」

「青丘之塔は韓国から徴兵されて戦死した人々を祀っているんだよね」

「そう、日本軍兵士として戦死した韓国の人々……」

「私のおじいちゃんも、ここで死んじゃったんだよ」

「おじいちゃんは、韓国人？」

「違うわよ、嘉数の住民だよ」

瑤子が笑いながら、感慨深そうにつぶやいた。それを淳平や周りの学生たちが聞いて、驚いた顔で瑤子を見つめる。

「おじいちゃんって、兵士？」

「そうだよ。たぶん、正規の兵士よ」

「正規の兵士以外にも、防衛隊とか護郷隊とか、いろいろの名前をつけられて沖縄の人たちは戦争に参加させられているよね」

「今度、ゼミで調べてみようか」

「そうだな。参加させられたのか、参加したのかも含めてね」

「おじいちゃんといっても、私の曾祖父だけどね。死んだ当時は若かったのよ。おばあちゃんと結婚して二人目の娘が生まれたばかりだったんだって」

嘉数高台公園に建立された慰霊塔の前では今でも香が焚かれている。この地の戦闘で命を落としたのは日米の軍人だけではない。韓国人や、ウチナーンチュや、そして多くの嘉数住民も戦争に巻き込まれて犠牲になったのだ。

オオゴマダラは、なおも悠然と飛んでいる。ホルトノキ、想思樹、センダン、寒緋桜、ギンネム、モクマオウの樹などが枝葉を寄せ合って生い茂る雑木林の中を分け入るように飛んでいく。大きな笠のような葉を持つクワズイモの上を飛び、陰りの中に入ったかと思うと、いつの間にか姿を消していた。

2

「鈴木軍曹殿！　嘉数高地、十五時三十分現在異常ありません！」

「よし！　ご苦労！」

比嘉《ひが》二等兵が直立し、童顔を紅潮させながら敬礼をして鈴木軍曹に報告する。

鈴木軍曹も姿勢を正し緊張した表情で敬礼を返す。その後、すぐに笑いを浮かべる。腰を折り曲げて、比嘉二等兵の左肩で翅を休めているオオゴマダラに視線を移す。

「こいつらは、本当にお前になついているんだなあ」

「はい、このオオゴマダラは我々の偵察機であります。オオゴマダラが戻って来なかったら、異常あり、です」

「うん、そうか、なるほどな。ところで、お前の肩には甘い蜂蜜でも付けてあるのか？」

「いえ、そんなことはありません」

「どれ、見せろ」

鈴木軍曹が比嘉二等兵に近寄って肩に手を触れようとした瞬間、オオゴマダラが飛び立った。ゆっくりと翅を動かして比嘉二等兵の頭上を飛んで行く。その姿は慌てる様子もなく優雅である。

「俺は、こいつらに嫌われているのかなあ」

鈴木軍曹が、オオゴマダラの姿を目で追いながらつぶやく。比嘉二等兵が慌てて返事をする。

「そんなことはありません」

その言葉を無視して鈴木軍曹が言い継ぐ。

「オオゴマダラは、ヤマトンチュ（内地の人）は嫌いなのかな」

「そんなことはないと思います。ただ驚いただけです」

壕から出て来て二人のやりとりを聞いていた加藤大尉が、オオゴマダラを眺めながら口を挟む。

「そんなことはあるんだよ。比嘉君、はっきりとそう言ってやれよ。鈴木軍曹はウチナーンチュ（沖縄の人）のことを誤解しているかもしれないぞ」

「誤解だなんて……。いえ、そんなことはありません」

比嘉二等兵は慌てて打ち消す。加藤大尉は比嘉二等兵のことを比嘉君と親しげに呼ぶ。比嘉二等兵は現地から防衛召集のために集められた防衛隊員だ。防衛隊員は階級を付与されないまま部隊と行動を共にすることが多かったというが、いきなり一等兵として扱われた例もあったという。鈴木軍曹は半分冗談で、半分本気で、比嘉二等兵と呼んでいる。

加藤大尉の鈴木軍曹へ向ける顔も穏やかである。

「鈴木軍曹に言うんだよ、比嘉君。はっきりと言わないところがウチナーンチュの優しさだと思ったら間違いだぞって。なあ、そうだろう、平良《たいら》上等兵」

「は、はい、そう……であります」

壕の入り口近くで炊事の準備をしていた平良上等兵が緊張して立ち上がる。加藤大尉の方を向いて身体を硬直させて返事をする。

平良上等兵は二十代の後半だ。正規の訓練を受けた兵士である。沖縄戦では正規の兵士もそうでない兵士も、軍民一体となって戦場に派遣され、根こそぎ動員と称されて参加したところにその特徴の一つがある。

「よい、よい、楽にしていいぞ」

「はい、有り難うございます」

平良上等兵は、そう言いながらも緊張を解かずに直立したままだ。平良上等兵は、那覇辻町《つじまち》の料亭で料理人見習いとして働いていたが、その職場から徴兵された。そこで覚えた料理の腕前が、今では役に立っている。

「俺たちは平良上等兵がいて良かったな。お陰で生き延びている。死んだ者が生き延びているというのもおかしなものだがな」

「隊長殿、戦争が、おかしなものだったんですよ」

「それもそうだな」

加藤大尉と鈴木軍曹は、顔を見合わせて大声で笑った。

四人の兵士の中で最も地位の高いのは加藤幸雄《さちお》大尉だ。年齢も五十歳ちょうどで一番の年長者だ。三人の兵士は、加藤大尉のことを隊長殿と呼んでいる。実際、加藤大尉は鈴木建徳《けんとく》軍曹の所属する第六二師団独立歩兵第一五大隊の隊長であった。鈴木軍曹は大隊つきの軍曹で、戦争が始まって以来、ずーっと加藤大尉と同じ部隊で戦ってきた。加藤大尉と一緒に戦い、それこそ生死を共にしたというのが鈴木軍曹の誇りでもある。鈴木軍曹は四十一歳だ。平良義男《よしお》上等兵は二十八歳、比嘉良太《りょうた》二等兵は十九歳と、四人の兵士は階位も年齢もバランスがよい。

四人の兵士が暮らしている陣地壕の中は、太陽の光が届かず夕方になるとすぐに暗くなる。平良上等兵が、このことに気づいたように再び食事の準備を急いだ。日が暮れる前に夕食を摂るのが四人の兵士の習慣だ。

壕のある斜面は雑木が鬱蒼《うっそう》と繁り、時には山鳩などの鳴き声も聞こえる。近くには川があり、冷たい湧き水の溢れる場所もある。命の水に不自由することはない。野菜も畑が近くにあって、いつでも手に入る。日々を暮らすには何の問題もない。最近では近くに「バークレー」と呼ばれる商業地区が新設された。レストランやスーパーもある。米やパンも調達できる。その役は若い比嘉二等兵の任務だ。

四人は嘉数高地の激戦で戦死した兵士だ。死者たちが食事をするというのも、おかしなものだが、戦争が終わっても、この沖縄ではおかしなことが続いている。

四人の兵士だけでなく、多くの戦友や村人たちもこの嘉数高台で戦死した。彼らと四人の違いは、ただ一つ、四人の兵士の遺骨はまだ収骨されずに土の中に埋まったままだということだ。収骨されない遺骨のマブイ（霊魂）は、死んだ当時の身体のままであり続け、歳を取らない。成仏できない四人の兵士は、一つの壕の中での生活を戦後六十七年余も続けてきたのだ。

「歳を取らない死者も、また悲しいものだよなあ。なあ比嘉君」

比嘉二等兵の姿がない。

「あれ、どこへ行ったんだ」

「はい、たぶん、オオゴマダラの食草の手入れに行ったんだと思います」

「そうか、あの若さのままで歳を取らないということは、いいことなのかなあ。なあ鈴木軍曹、貴様どう思う？」

「若い者には、やっぱり辛いことですよ。恋をしようにも、相手がいない」

「そうだな」

二人はまた顔を見合わせて笑った。

「あいつにも、一つや二つは、恋の経験があったのかなあ。オオゴマダラが、今ではあいつの恋人か……」

「はい、そのようです。オオゴマダラは我々の保有する偵察機だと言っています」

「そうか、変わった奴だなあ。ところで、あいつは琉球舞踊の名手だと聞いたが」

「ええ、そうなんです。この嘉数村の豊年祭などの舞台でよく踊っていたようです。結構人気のある踊り手だったらしいですよ」

「それが今ではオオゴマダラが恋人か」

「我々四人の兵士の食料調達係でもある」

「気の毒なことだ」

「お互いさまです」

加藤大尉と鈴木軍曹は、笑みを浮かべてうなずきあった。

加藤大尉の生まれは京都、鈴木軍曹は島根だ。二人とも故郷に妻や子どもを残しての出征だった。沖縄には初めて来たのだが、再び帰ることはできなかった。

比嘉二等兵は、二人が噂をしていたとおり、オオゴマダラの食草の手入れをしていた。オオゴマダラは、日本の蝶としては最大級で、翅を広げると十センチをゆうに越えた。白地に黒のまだら模様の特徴からオオゴマダラと呼ばれ、東南アジアに広く分布し、日本では喜界島、与論島以南の南西諸島に分布する。季節を問わずに繁殖するので一年中見ることができる。成虫の期間も長く、羽化してから数か月、条件がよければ半年ほどは生き続けることができる。

オオゴマダラの食草は、ホウライカガミやホウライイケマと呼ばれる植物で、いずれもアルカロイドという毒素を含んでいて、幼虫はその葉を食べることで毒を体内に貯め込み、他の動物から捕食されることを防いでいるという。幼虫は白黒の縞模様で、体側に赤い斑点が一列に並び、頭部と尾部に黒く細長い角が生えている。終齢幼虫は体長が七センチほどになり、蛹《さなぎ》の大きさも四センチから五センチほどになり鮮やかな金色になる。尾部の一点で枝や葉の裏などに逆さに吊り下がり、羽化までの期間は夏は一週間、冬は一か月ほどである。

比嘉二等兵は、そのオオゴマダラを世話してから、もう五十年余になる。大量に増やすこともなく、少なくすることもない。適度な数を保っている。壕近くの食草のホウライカガミは、みんな比嘉二等兵が植えたものだ。

オオゴマダラはゆっくりと羽ばたきフワフワと滑空するので、新聞紙が風に舞っているように見えることから、「新聞蝶」とも呼ばれている。

オオゴマダラの接し方で他の三人と比嘉二等兵の間では決定的な違いがある。比嘉二等兵には、飛び交っているすべてのオオゴマダラが恋人だ。そして優しく話しかける相手でもある。不思議なことだが、どのオオゴマダラも比嘉二等兵の話しかけに応えてくれているように思われる。もちろん、比嘉二等兵は応えてくれていると信じている。信じることも三人との違いだ。

比嘉二等兵が、オオゴマダラを世話するようになったのは、きっかけがあった。オオゴマダラが飛んでいる姿を見て思わず一緒に琉球舞踊を習っていた恋人「千代《ちよ》」のことを思い出したのだ。千代とは戦争が始まる前、村の伝統舞踊である「ハーベールーモーイ（蝶の踊り）」を一緒に習い、舞台で披露した。その時の千代の姿と笑みを思い出したのだ。思い余って「千代」と小さく声をかけたのが初めてだった。「千代」は嬉しそうに翅を愛らしく動かして応えてくれたのだ。

その日から、比嘉二等兵はオオゴマダラに関心を持つようになった。観察していると飽きなかった。何を好んで食べるのかも分かった。どこに卵を産むのかも分かった。オオゴマダラは、どんどんと増えていった。すべてのオオゴマダラが初恋の人、「千代」になった。

「千代、千代、千代、千代……。あれも千代、これも千代……」

比嘉二等兵は、目を細め、優しくオオゴマダラを見つめた。そして、オオゴマダラは、いつからか四人の兵士たちの偵察機になったのだ。

突然、オオゴマダラが荒々しく翅をばたつかせ始めた。

「どうした？　どうしたんだ、千代……」

オオゴマダラがイラつくように翅を小刻みに動かし枝葉に止まった。比嘉二等兵の耳に大きな爆音が聞こえてきた。見上げると、きらきらと光る物体が近づいて来る。両翼にプロペラを付けた銀色の機体が見えた。直進して来る。異形のモノ……。

「オスプレイだ！」

比嘉二等兵は、大声を張り上げて、壕に向かって転げるように駆け出した。

「異常あり！　鈴木軍曹殿、異常ありです。オスプレイが接近して来ます！」

壕の中から加藤大尉、鈴木軍曹、平良上等兵が飛び出して来た。オスプレイは四人に向かって轟音を上げて接近して来る。頭上を飛び、東に向かって直進すれば普天間基地の滑走路の上空に到達する。

「来るぞ！」

「間違いなくオスプレイだ！」

「また来るぞ！」

二機、三機と間隔をあけずに轟音を立てて接近して来る。展望台からは、人々の驚きの声も絶叫も聞こえてくる。

バタパタバタパタ……と、オスプレイは地上の建物だけでなく、蠢《うごめ》くものすべてを狙うように飛んで来る。立ち並ぶ木々を威嚇しながら頭上を過ぎ去った。大きな音を引きずったままで普天間飛行場の上空へ飛んで行き、やがて垂直に降下した。

「あれがオスプレイだ、間違いない」

加藤大尉が、壕の入り口で機体の飛び去った方角を見やりながらつぶやく。

「米軍の新兵器か」

「やっぱり墜落する危険が大きいに違いない。この爆音は余りにも大き過ぎる。欠陥機だ」

「見ていても飛行の仕方が中途半端で危ういよ」

「これほど大きな音を出す飛行機は初めて見た」

「もっと大きな音を出すジェット機もあります」

「そうだな、戦争が終わっても兵器はどんどん開発されていくんだな」

四人は、空を見上げながらそれぞれの感想を言い合い、うなずき合う。展望台からも様々な声が流れてくる。

「常駐させては、いかん！」

「戦いだよ、これは」

「基地がある限り事故は起きる」

「沖縄の苦しみを、どうしたら全国の人々に分からせることができるのかなあ」

「辺野古《へのこ》は新基地建設だ。移転ではない。沖縄の恒久的な軍事基地化を目論んでいるんだ」

「絶対に阻止しないといけない。平和な島にせんといかんよ！」

四人の兵士は、展望台から流れてくる人々の声に耳を傾けた。

オオゴマダラの姿が見えない。オオゴマダラはどこへ行ったのか。比嘉二等兵が慌てている。

「来るぞ！」

「また来るぞ！」

再び大きな爆音が豪雨のように頭上に降り注いだ。見上げると頭上でオオゴマダラが悲鳴を上げて迷走するように飛び交っている。オオゴマダラにとってもオスプレイの轟音は初体験だ。オスプレイの銀色の機体が、きらきらと光りながら全てのものを圧し潰すように向かって来る。オオゴマダラの翅も光っている。比嘉二等兵は慌てて、オオゴマダラを呼び寄せて木陰に隠す。四人は一斉に身構えてオスプレイを凝視した。

3

嘉数高台公園はメーン通りから数百メートル離れた場所に位置している。それだけに乗用車の出入りも少なく静かである。公園に突き当たる道路は狭く、隣接する駐車場は十数台も駐車するとすぐに満杯になる。大型の観光バスは広い通りに駐車して、乗客はそこで降り、公園には歩いてやって来る。

嘉数高台公園に植えられた樹々は、季節を繋ぐように開花する。一月の末には寒緋桜が一気に満開になる。メジロが蜜を吸うために小さな身体を折り曲げ首を伸ばし、くちばしを花心に当てる姿は微笑ましい。寒緋桜の花が咲き終わると、イッペーの裸木に黄色い花が咲き乱れる。グァバ（バンジロウ）の樹に白い花が付くのもそのころだ。夏の初めにはサルスベリの赤い花が咲き、盛夏には梅檀《せんだん》の白い花が咲く。梅檀の樹には、やかましく鳴くクマゼミが面白いようにやって来る。それを捕《つか》まえようと子どもたちが昆虫網を持って樹の下で待ち構える。

秋にはトックリキワタの大樹に薄紅色の花が付く。満開になると秋の桜かと見紛《みまが》うほどである。花が咲き終わると緑色の実が吊り下がり、実が割れると、白い綿毛をいっぱい付けた種子が風に飛ばされる。冬には季節を問わずに咲くブーゲンビリアの花が、ひと際鮮やかな真紅の色で咲き競う。そのいずれもの季節の花が、嘉数高台公園では楽しめる。

公園にやって来るのは、家族連れや子どもたちだけではない。老人たちもやって来る。公園の一角に設けられたゲートボール場が目当てで、朝早くから日が暮れるまで競技を続ける集団もある。

「俺たちも生きていたら、あんなふうにゲートボールを楽しんでいたのかなあ」

「いえ、隊長殿は生きていたら百歳を越えています。この時代には死んでいますよ」

「そうか、死んだ方が長生きするのか。鈴木軍曹、これも変な話じゃないか」

「変な話ですね」

加藤大尉と鈴木軍曹は、ゲートボールをしている集団を見ながら、たわいもない会話を交して笑い合っている。

「しかし、生きるということも辛いようですよ」

「どういうことだ？　鈴木軍曹」

「実は、先日、ゲートボールをしている集団に近寄って、ベンチで座っている老女の話を聞いたんですがね」

「うん、どんな話だ？」

「俺たちのことを考えると、夜も眠れないって言うんですよ」

「俺たち？」

「そうです、戦争で死んだ人たちのことですよ」

「……」

加藤大尉が長身の身体を伸ばし、しばらく目を瞑った後、まぶたを開いて遠くを見つめた。それから苦笑しながら言う。

「時々、俺は死んだ両親や兄の元に、早く逝きたいと思うことがある。向こうで両手を広げて、みんなが待ってくれているような気がするんだ。もう一度みんなで楽しく過ごしたい。生きている間、随分とわがままをさせてもらったからなあ。詫びも言いたい。京都に残してきた妻も生きていたら百歳を越えているんだな。もうとっくに死んでいるだろうが……。俺は極力家族のことを考えないようにして、ここまで生きてきた。いや、死に継いできたのかな。しかし、最近は、妻や家族があの世で待っているかと思うと早く死にたい……」

その言葉を受けて、鈴木軍曹も言い継いだ。

「私もそうです。私にも生まれたばかりの子どもがいました。思い出があるから生きられる。そう思って生きてきました。しかし、時々、田舎に残してきた家族のことを考えると苦しくなります。平静でいられなくなります」

「うん、そうだな、戦争というのは、生きる者にも死んだ者にも残酷なものだな。悲劇は、戦死者にも現れるんだからな」

「……」

鈴木軍曹の脳裏にも、家族との懐かしい記憶が駆け巡っているのだろう。記憶は生者だけのものではないのだ。剛毅な性格の鈴木軍曹の目頭が少し赤くなっている。

「鈴木軍曹、お前の田舎は……」

「はい、島根の山中です。広島県との県境に近い伊予《いよ》という村です。百姓の子沢山の長男ですが、妻が慣れない畑仕事で転んで頭を強く打って、右脚に麻痺が出てしまいました。それが気になっています。俺に、もし万一のことがあればよろしく頼むって、弟に頼んで出征したのですが……」

「うん、そうか……、そうだったな」

加藤大尉の顔が曇った。鈴木軍曹が、何度か語ったことだったが、また尋ねてしまった。出征兵士には、出征兵士の数だけ、故郷に残してきた物語があるのだ。互いに過去のことは尋ねまいと気を遣ってきたのに、つい尋ねてしまった。尋ねたことを後悔した。

鈴木軍曹も短く刈った頭を手で撫でながら、上空を仰ぎ見るようにして加藤大尉から目を逸らしている。戦死者にとって家族の物語は、すべて途中で摘み取られてしまったのだ。

「鈴木軍曹……、老女の話って、なんだ？」

「えっ？」

加藤大尉は、鈴木軍曹の過去の記憶を断ち切るように現在の時間に戻す。鈴木軍曹が加等大尉に仕えてよかったという思いやりの一つが、こういうことなのだろう。

鈴木軍曹が笑みを浮かべて加等大尉に向き直る。

「夜も眠れないという話ですか？」

「うん、そうだ。戦争で死んだ人たちのことを考えると、辛いという話だよ」

「そうでした。その老女が言うには、夜になると右足が痛くなるらしいんです。あちらこちらの病院へ行ったけれど原因が分からない。治療もできない。しかし確実に痛みはやって来るって言うんです。そして、ある晩、夢を見た。いや、夢ではなく、突然戦争の記憶が蘇ってきた。忘れようとしていた記憶、封印していた記憶です。老女は雨の中、南部の地へ逃げる途中でぬかるみに仰向けになって死んでいる遺体を踏みつけたと言うんです。ぶすっという、右足に残った人間の黒く膨らんだ肉を突き破ったあの時の感触が蘇ってくると言うんです。踏まれた瞬間、遺体は苦しげな悲鳴を上げて目を見開いたと。或いは生きていたのではないかと……。申し訳ないと思いながらも、子どもを背負って必死に逃げたあの日のことが思い出されるというのです……」

「うん、辛い話だな」

「そうなんです。もっと辛い話が続くんです。戦争が終わると、老女の夫は、摩文仁《まぶに》で戦死していました。戦後、二人の幼子を抱えて必死に生きてきた。やっとここまで生きてきて、子や孫たちに米寿も祝って貰ったのに……。苦労が終わったと思ったら、戦争の記憶が蘇ってきて、夜も眠れない。右足に激痛が走る。そう言うんです」

「……」

加藤大尉は、言葉を失っていた。戦争を生き延びたこの島の人たちには穏やかな気持ちで老後を送って貰いたいと思う。それが、この島を守りきれなかった兵士である自分たちの、せめてもの願いだと、ひそかに思っていた。

加藤大尉は、しぼり出すように言葉を言い継いだ。

「やりきれないなあ」

「やりきれないでしょう……」

「苦しみはいつまで続くのかなあ」

「いつまでも続く。戦後はない。これが戦争なんでしょうね」

「俺たちには何ができて、何ができなかったのかなあ……。この島の人たちのために、これからできることがあるのかなあ」

二人はため息をつきながら、それぞれが手にした新聞記事に目をやった。

新聞や雑誌は、時々観光客が置き忘れていく。展望台まで出向いて手に入れることもあるが、風に飛ばされて壕の前まで届けられることもある。しかし、新聞や雑誌が飛んで来るだけなら有難いのだが、日曜祭日には、遠くから弁当くずを投げ入れる者もいる。学校をサボった少年たちが雑木林を分け入って平日にやって来ることもある。煙草の吸殻を投げ込んだり、空き瓶や空き缶を投げ入れたりする。壕前で糞をたれる悪たれもいる。もちろん遠くで香を焚き、ウガン（御願）をしている人々も見える。公園内には、陣地壕だけでなく、戦死者を祀る慰霊塔も建立されている。嘉数高台公園は聖地でもあるのだ。

穏やかな性格の平良上等兵が、ぶつぶつと文句を言いながら陣地壕に戻って来た。珍しく怒っている。オオゴマダラを世話していた比嘉二等兵の前で、早口にウチナーグチ（沖縄方言）を使ってまくし立てる。

「タックルシバドゥヤル（懲らしめてやる）。絶対に許さん」

「どうしたんですか？」

比嘉二等兵は、オオゴマダラに目を向けたままで平良上等兵の怒りに付き合うようにそっと尋ねた。平良上等兵は陽気な天気に誘われて、久しぶりに展望台の台座に近いコンクリートの上に寝そべりたいと出掛けたはずだ。コンクリートは、壕内と比べて平らで背骨に優しく、ひんやりとして気持ちが良かった。

「シーバイサッタン」

「えっ？」

「ワラバーターに（腕白な餓鬼どもに）、シーバイ（おしっこ）をかけられた」

平良上等兵は、ウチナーンチュの比嘉二等兵の前でも、いつもは共通語で話すのだが、今日はウチナーグチがぽんぽんと飛び出してくる。怒りの感情にはウチナーグチが馴染むのだろうか。

「雨かと思ったら、シーバイが顔に降ってきた。ワラバーターヤ、ガッティンナラン（餓鬼どもの仕業には堪忍できない）」

「それは、お気の毒でした……」

比嘉二等兵は、こぼれた笑顔を慌てて引き締める。郷里の先輩の災難に同情する。

「お気の毒でしたで済むか、比嘉。俺はワラバーターにシーバイかけられるために戦死したんじゃないぞ」

「……」

「ワラバーターの命を守るために我が身を犠牲にしたんだ。それなのに、なぜこんな目に遭わんといかんのだ。今の政治が悪いのか、教育がなっていないのか……」

平良上等兵の言葉に事情を理解したものの、比嘉二等兵は言葉を遮るようにして背中を向けた。

「比嘉、ヤーヤ、ワンヌ話、聞《チ》チョーミ（お前は俺の話を聞いているか）。ワッターヤ、ヌーンチ死ナントゥナランタガヤ（俺たちはなぜ死ななければならなかったのかな）、カンゲーティンチ（考えたことがあるか）。ヌーヌ、ワッサタガヤ（何が悪かったのだろう）。戦《イクサ》ヌクトン、カンゲーランタクトゥ、ウングトゥナタルハジドー（戦争のことを考えなかったから、こうなったはずだ）。戦世《イクサユ》には、ムルフラードゥナトーテーサヤ。（戦世にはみんな馬鹿になっていたんだろうなあ）。ナア、ワッターガ、アビタッカチィン、チャーンナランシガ（今さら悔やんでもしょうがないが）、ワジワジーシーヤア（怒りが込み上げてくるよ）。生チチョールチュヤ、イジンジャチ（生きている人は頑張って）、平和ヌ世ヌナカ、チュクランネー（平和な世の中をつくってくれないと）、ワッターヤ、ウカバランシガヤア（俺たちは浮かばれないよなあ）。平和ヌタミニ、ヌーヌナイガ、考エラントゥヤー（平和のために何ができるか、考えないとな）」

平良上等兵はなおも、ぶつぶつと文句を言い続けた。やがて諦めて、比嘉二等兵の背後を通り過ぎた。

比嘉二等兵は平良上等兵が通り過ぎた後、飛び交っているオオゴマダラに向かい琉舞の仕種を繰り返す。すり足でゆっくりと「歩み寄り」、オオゴマダラを呼び寄せる。腕を上げ、「手をこねり」「腰をなより」、ゆっくりと踊る。「こねり」は手のひらをこねるように動かし、「なより」は、なよやかに体を動かす。それから「がまく（腰）を入れる」。呼吸を整えて腰に力を溜め、上体に芯を通して姿勢を決める。「三角目付《さんかくみぢち》」で千代を見る。「三角目付」は目線で逆三角形を描く技法で、恋しい人の面影を夢見ては覚めるむなしさを表現する。目の前でたくさんの千代が一緒に踊ってくれる。

千代と村の豊年祭の舞台で踊った日が懐かしい。一緒に芋畑に行き太陽の光を浴びながら踊りを練習したこともある。千代の握ったおにぎりを食べた日が思い出される。豊年祭で踊った翌日には、千代と一緒に那覇の市場に出掛けた。あの日のことが、比嘉二等兵の脳裏に蘇ってきた。

「千代、あれが豚のチラガー（顔）だよ」

市場に飾られている豚のチラガーを見て、千代が驚いて後ずさった姿を思い出す。泣き出しそうな顔のままで、でっかい鼻を指先で突いたところを店主に見つかって怒られたことを思い出す。市場で食べたウチナーそばの美味しかったこと……。

防衛隊員の一人として村を出て行くと決まった日に、一緒に泣きながら抱き合った日。あの日の千代の温かい肌を思い出す。手に残る乳房の感覚が蘇る。幼い子どもが大好きだった千代。家庭をつくり、二人の子どもを一緒に育てることができなかった無念さが込み上げてくる。今頃、どうしているのだろう……。

比嘉二等兵が、目の前のオオゴマダラに話しかける。

「千代、聞こえるか？　平良上等兵はな、ワラバーターに、シーバイをかけられたんだってよ」

比嘉二等兵は、小さくつぶやいた。それから笑いを抑えきれなくなって踊りを止めた。思い切り膝に手を置いて両肩を揺すって笑った。やがて笑い声が泣き声に変わる。前に倒れうつ伏せになって涙を堪える。オオゴマダラがそれ見て比嘉二等兵の上空を飛び交った後、翅を上下させて背中に降りた。一匹、二匹、三匹……と、多くのオオゴマダラが肩や頭部や腰や臀部に降り立った。十四、二十四、三十四……。比嘉二等兵の身体はオオゴマダラで覆われ、まるであの日の千代の身体のように優しく波打っていた。

4

嘉数高台公園は、沖縄本島の中心部からやや南に寄った宜野湾市に位置する。戦時中は第七〇高地とも呼ばれていたようだ。

「嘉数の戦い」と称される嘉数高地の争奪をめぐっての攻防戦は、一九四五年四月八日から十六日間に亘《わた》って行われる。この戦いは沖縄戦最大級の戦闘の一つとして知られるほどの激戦であった。日本軍は斜面に生い茂る木々の中に陣地を構築して迫り来る米軍に頑強に抵抗した。嘉数高地での戦いは凄惨を極め、米軍からは「死の罠」「忌《いま》わしい丘」などと呼ばれた。

観光バスガイドの若い女性の声が四人の兵士の耳に届く。修学旅行生と思われる高校生らしい一団を案内している。高校生らのおしゃべりは説明を開始しても止みそうにもない。騒々しい中での説明が続いている。

「米軍は一九四五年四月一日に、読谷、嘉手納《かでな》、北谷に上陸します。海を埋め尽くした千五百もの艦船、十八万の兵員、沖縄戦はアイスバーグ作戦と呼ばれ、後方支援部隊を含めると五十四万人という太平洋戦争最大規模の作戦でした」

「やかましいぞ！　静かにしろ！」

教師の注意する声が聞こえる。ガイドは表情を変えずに話し続ける。

「米軍は上陸にあたって、日本軍の水際での反撃による相当の被害を予測していたそうですが、しかし日本軍は水際作戦を取りませんでした。これまでの上陸に比べればピクニックの様な上陸であったと言われています。日本軍は沖縄で米軍を釘付けにして本土決戦までの時間をかせぐために、壕に隠れて戦う持久作戦を取ったのです。そのために沖縄の住民は根こそぎ動員されて総力戦になりました」

「根こそぎ動員って、なんですか？」

高校生の中から質問の声が上がったが、ガイドは答えることなく、流暢に説明を続けていく。

「上陸して順調に進んできた米軍は、ここ嘉数高台で最初の日本軍の猛反撃に遭うのです。日本軍は嘉数高台にトーチカを構え、トンネル陣地を構築していました。正面の比屋良《ひやら》川も作戦の重要なポイントでした。日本軍は両岸は断崖であるその川に架かる橋を、敵の戦車の進撃を誘導する意味から敢えて破壊しなかったのです。その罠にはまった米軍は一日で二十二台の戦車を失ったと言われています」

「へえ、凄い」

「やったね！」

高校生の無邪気な声が、小さく飛び交う。

ガイドが、若い女性なのは、なんとなく残酷であるような気がする。説明に一段落つけると、ハンカチで汗を拭い、思い出したように付け加えた。

「沖縄では戦後六十七年が経ったとはいえ、まだ不発弾が見つかることがあります」

「ええっ、そうなんですか」

今度は、相槌《あいつち》とも質問ともとれるその言葉に振り向いて答える。

「南部の糸満《いとまん》では数年前に、工事現場の不発弾が爆発して、近くにある老人施設の窓ガラスを割ったことがあります」

集団が、再びざわめいた。

「ここにも不発弾はあるのですか？」

「さあ、どうでしょうかね、あるかもしれません」

「おっかねえなあ」

ガイドは笑みを浮かべながら、大きな声で言い継ぐ。

「心配しないでいいですよ。不発弾は公園に整備されたときに、完全に撤去されたと聞いています。ここは大丈夫ですよ」

高校生の冷やかしの声や安堵の声が辺りに響く。ガイドはそれを見て、大きく肩で息をする。それから、嘉数高台での激戦の模様を、再び話し始めた。不発弾のことを言うのは計算していたシナリオかもしれない。

加藤大尉ら四人の兵士は苦笑しながら大空を眺める。

「しかし、俺たちはよく戦ったよなあ。物量の面では戦力に歴然とした差があったのに互角に戦ったのだからなあ。でも、上部からの命令とは言え、爆雷を抱えての戦車への体当たりは、やはりやめるべきだった……」

「隊長殿、みんな立派でした。私も悔いておりません。隊長殿のお側で戦死できたのは、本望です」

鈴木軍曹が、いきなり直立して敬礼をする。

「おい、おい……」

加藤大尉が、慌ててその動作を止める。

「不肖鈴木建徳、第六二師団独立歩兵第一五大隊加藤幸雄大尉の部下としてアメリカ合衆国第二四軍団第二七師団と戦い、四月二十一日、嘉数高地にて戦死したことを名誉に思っております」

「おい、よせ……」

「はっ」

鈴木軍曹も、今度は笑みを浮かべながら敬礼を解く。

「アメリカ軍の上陸部隊は十八万人、迎え撃つ我が軍の正規軍は十万人。アメリカ軍の戦死者は一万四千人、我が軍は六万四千人と言われている。アメリカ軍は上陸地点である北谷から首里城まで進むのに五十日かかっている。日本兵の死者は一日あたり千人余になる。よく戦ったよ。あと二日、踏ん張れば我々も南部へ撤退できたかもしれなかった」

「いえ、どっちみち戦死しています。嘉数高地で潔く死ねたのはよかったのかもしれませんよ」

「そうか……。沖縄戦では軍人よりも住民の犠牲者が多かったんだろう？」

「はい、そのとおりです。一般住民の犠牲者は九万四千人余になります。その他、現地から召集した防衛隊員や戦闘協力者を含めますと、総勢十四万九千人余りの犠牲者になります。我が軍の正規軍とこれらの住民を併せますと、およそ二十二万人の戦死者です」

「そうか……。沖縄県の当時の人口は？」

「諸説ありますが、約五十九万人と言われています。四人に一人の県民が犠牲になったことになります」

「そうなるか……。で、あの二人の戦死場所はどこなんだ？」

「はい、平良上等兵は序盤の戦いでアメリカ軍歩兵第三八三連隊と我が独立歩兵第一三大隊が戦った際に重傷を負い戦死しました」

「第一三大隊の指揮官は……」

「指揮官は、原宗辰大佐です」

「そうだった。立派な軍人だった……」

「平良上等兵は、第一三大隊の所属兵ではありません。現地で徴用した補助兵員です。比嘉二等兵も嘉数村から急遽徴用した少年兵です。比嘉二等兵は弾薬を運んでいる最中、第五トーチカの前で爆撃を受けて戦死しました」

「そうか、可哀想なことだったな……。だが、不思議なもんだな」

「えっ？　何がでありますか」

「これほどたくさんの死者が出て、そしてほとんどの遺骨が収骨されたのに、なぜ我々四人の遺骨は収骨されなかったのだろう。解せない」

「ええっ、そうですね……」

「収骨されないと、やはり成仏できないのかな？」

「隊長殿には記憶にないかもしれませんが、隊長殿を背負って壕に駆け込んだとき、隊長殿はすでに、死亡しておりました……」

「うん」

「残念でした」

「……」

鈴木軍曹は、加藤大尉の沈黙を幸いに、明らかに話題を変えたがっている。何かを記憶から追いやりたがっている。何を追放し、何を隠したいのだろう。

鈴木軍曹の脳裏には、戦後まもなく、遠い島根の田舎から脚の悪い妻がこの嘉数高台にやって来て、収骨作業に加わった姿が駆け巡っていた。炎天の下、脚を引きずり、涙を滲ませながら収骨していた。嬉しかった。鈴木軍曹は大声を上げて居場所を教えたのだが届かなかった。弟と二人で来てくれた。嬉しかった。その後も何度かこの高台での収骨作業が行われたが、しかし、もう二度と妻の姿を見ることはなかった。弟が約束を守って妻を支えてくれている。そう思うことにした。

「私の妻は、もう死んでいると思いますが、生きていたら今年で一〇八歳になります」

「そうか……」

加藤大尉が、伏目がちに小さく言い継ぐ。

「死んだ者の歳を数えると言うが、我々は、生きた者の歳を数えているのかな」

「おかしなことですが……、私が数えているのは妻の歳だけです」

鈴木軍曹が苦笑しながら天を仰ぎ見る。

「死んだ者にも、希望はあるのですかね……」

「どちらの側の死者だ」

「我々の側です」

鈴木軍曹は、封印していたはずの遠い過去を思い出していた。子どもの歳を数えることはない。記憶は埋葬すべきなのだ。死者に思い出はいらないのだ。未練を断ち切らねばならない。個人の感傷はいらない。大義に生き、大義に死ぬ。山の中の小さな学校でも、教師はそう教えていた。今でもそう信じている。そう言い聞かせて戦後の歳月を耐えてきた。

しかし、そんな決意とは裏腹に、寂しさが溢れてくるのも、どうしようもない。自らの犠牲が平和を作ったのかどうかも定かでない。自らの死に場所となった沖縄の空には、B52爆撃機やジェット戦闘機に加えて、今度はオスプレイが飛び交うようになった。沖縄にはいまだに米軍基地がある。俺たちはあの戦争で、何を変えようとしたのか。何を作ろうとしたのか。悔しさや無念さは生者よりも、死者の側に多く残るような気がする。二十四万人、米軍や韓国人の死者をも併せると、沖縄戦の犠牲者は二十四万一千三三六人だという。

家族のことを弟に託したのは自分の身勝手さであった。弟には弟の人生があったのだ。老いた両親を振り切って戦場に向かい、そして死んだ俺の人生は、だれが語り継いでくれるのだろうか。あるいはそんなことは、もうどうでもいいことなのか。

妻も弟も、そして息子も、たぶんもう死んでいるだろう。死んでいるがゆえに、弟への嫉妬も消えた。勝手な妄想とはいえ、妻と弟が抱き合っている姿を想像するのは辛かった。しかし、今はすべて許せるような気がする。よくぞ、妻と生きてくれたと……。

俺の見知っている人々は、もうこの世にはいない。このことが、俺を励ましてくれている唯一のことなのか。肉親の死が、俺を生きながらえさせるのか。鈴木軍曹はため息をついた。

「絶望することはないさ、鈴木軍曹。沖縄県民のために、これからが正念場の戦いになる」

「えっ？」

鈴木軍曹は、加藤大尉の言葉で現実に戻され耳を疑った。自分の胸の内を見透かされているのかと思った。

「鈴木軍曹、戦後六十七年が経った今、沖縄県民は俺たちに何を望んでいるのだろうか」

「さあ……」

「俺は思うんだ。県民を悩ませているオスプレイと戦うことを望んでいるのではないかと」

「ええっ？」

「どのような戦いが可能かは、これから考えんといかんが、このことを我々の任務にしようじゃないか。我々の義務といってもいい。この島にはまだ、平和が訪れていない。我々の二度目の死を、この島に捧げようじゃないか。それが沖縄戦で犠牲になったすべての死者たちの望みだと思うんだ」

　加藤大尉の目が、明るく輝いている。

「成仏できない間は、新兵器オスプレイと戦う。これが我々の最後の戦いになる。そして、我々の希望にしよう。オスプレイの飛ばない空を手に入れるまで戦い続けようじゃないか」

「はっ、はい！」

「よし、二人を呼んで来い！　これから作戦会議だ！」

「はい！」

　鈴木軍曹は、敬礼をした後、急いで壕を飛び出した。オオゴマダラが、いつものように壕の周りを飛び交っている。嬉しげに舞いながら、二人のいる場所への道先案内を買って出ているように思われる。その先に比嘉二等兵も平良上等兵もいるに違いない。オオゴマダラの姿を追って、鈴木軍曹は飛び跳ねるように走り出した。

5

嘉数高台公園の展望台は、若者たちの夜のデートスポットにもなる。公園の展望台からは、遮《さえぎ》るもののない美しい夜空を眺めることができる。群れになって輝く星は、クリスマスが近づくと店頭に飾られるイルミネーションの輝きを思わせる。地上に目をやると、路上を走る車のライトがいくつもの光の帯を作って流れていくのが見える。時には交差し、時には止まり、時には消滅し、そして、また灯る。

普天間基地に隣接する住宅街は密集しているがゆえに蛍が群がって光を発しているようにも見える。その一つ一つの光が、いのちを宿して灯っている。光が生きているように思われる。

普天間飛行場の上空は旋回するサーチライトで明るく照らされている。夜空さえ夜を彩れない。展望台から眺める北西の海岸沿いには、電力会社の高い煙突に設置された赤色の警告灯が光っている。飛行場からさらに遠く東北の方向に目をやると、北谷海岸から読谷海岸までを繋ぐ光の帯が闇の中に美しい軌跡を描いている。

数週間前に大学のゼミの仲間と展望台にやって来た淳平と瑶子の若いカップルも、嘉数高台公園の夜の展望台にやって来た。夜風に吹かれて美しい夜景を眺め、身体を寄せ合って言葉を交わしている。

「この星空を、瑶子のおじいちゃんも眺めていたんだね」

「そうなのよね、なんだか不思議な感じがするわ」

瑶子の曾祖父が見ていただろう夜景を、瑶子と一緒に同じ場所から眺めてみたいと提案したのは淳平だった。

「嘉数高台で戦死したおじいちゃんのことを、おばあちゃんはいつも誇りにしていたけれど、詳しい話は私も今日初めて聞いたからね」

「戦争は、六十七年前のことだけど、瑤子のおじいちゃんのお嫁さんだったおばあちゃんは生きている。こうして、おじいちゃんの眺めた夜空を眺めていると、戦争は遠い過去ではなくて、現在なんだねって、思われるよ……」

「そうだねえ、風景は変わったけれど夜空は変わっていないかもね。でも……、ねえ淳平くん、どうして急に夜の嘉数高台公園に行こうっていう気になったの？」

「……」

「もちろん、嬉しいわよ。二人だけで来るのも……」

瑤子が淳平の傍らに身体を寄せて腕を取って立つ。

瑤子の言葉に、淳平はうまく答えられない。

淳平は、瑤子の家で、やがてカジマヤー祝い（九十七歳）を迎える瑤子の曾祖母から、おじいちゃんの戦死の場所が嘉数高台だと聞いて即座に決意した。瑤子にプロポーズをする場所は嘉数高台公園こそが相応しいと。そしてその日を、今日にしたのだ。

先日、大学のゼミ仲間と一緒に来たときには、このような感慨は起こらなかった。沸き起こってきたこの感慨をうまく説明できないが、今の思いは偽りではない。この地を忘れてはいけない。瑤子のおじいちゃんの命を引き継ぐために、二人の決意をこの地から始めるべきなんだ。そんな思いに突き動かされてやって来た。しかし、どのように切り出せばいいのかが分からない。

淳平と瑤子は同じ大学の四年生で卒業を間近に控えていた。淳平は卒業と同時に大型ホテルのフロントマンとしての就職が決まっている。瑤子は小学校の先生になるために頑張ってきた。配置校はまだ決まっていないが採用試験は合格した。二人は四月からは別々の職場になる。

「瑤子のおじいちゃんは、辻町の大きな料亭の料理長だったたってね。おばあちゃんはそう言って自慢していたけれど、たいしたものだね」

「大きな料亭かどうかは知らないよ……。でもおばあちゃんは、おじいちゃんが戦死してから苦労したみたいだよ。二人の娘を女手一つで育てて戦後を生きてきたんだからねえ。おばあちゃんがそう思いたいなら、それでもいいかなと思うよ。おばあちゃんの頑張りのお陰でお母さんたちは大学にも通わせてもらったって、いつも感謝しているよ。その命を受け継いで私がここにいる」

「うん、素晴らしいことだ。その命を絶えさせてはいけない」

淳平は本気でそう思った。その命を瑤子と二人で引き継いでいく。瑤子のおじいちゃんが、この地で奪われた夢を、この地から二人で紡いでいく。結婚を決めて卒業を迎えたい。職場は違うことになるが、やっていけると思った。

淳平は、瑤子の手を強く握り引き寄せた。希望を語ればいいのだ。死者たちの思いに寄り添って、未来を語ればいいのだ。そう決意した。

その時、突然眼下の樹々の枝が大きく揺れ動いた。何かの気配がする。人の気配だ。二人は手を握ったままでじっと目を凝らした……。

闇の中で比嘉二等兵が声を低くして尋ねる。

「平良上等兵殿、あの二人は、先日、展望台にやって来た大学生のように思いますが」

「うん、そうだな。俺もそう思う。淳平という学生は、市役所のホームページから、飛行機の数などを調べていた学生だろう」

「そうだと思います。そしてあの女の子は……。平良上等兵殿、あなたのひ孫ではないですか」

平良上等兵は、頭を横に振る。

「そんなことは、もうどうでもいいことだ」

「どうでもいいことではありませんよ。あなたのひ孫が、こんなに近くに来ているんだ。成仏できるチャンスです。遺骨を拾ってもらうチャンスですよ。もっと樹を揺すって知らせてやらなきゃ」

比嘉二等兵は、力を入れて再び樹を揺すった。

「やめろ!、比嘉!」

「どうしてですか? どうして知らせないのですか?」

「俺は……、辻の大きな料亭の料理長なんかじゃない。小さな遊郭の皿洗いだ」

「そんなこと、どうでもいいことじゃないですか」

「どうでもいいことではない。妻は嘘をついている。戦争体験を嘘で語ってはいけないよ」

「それはそうですが……、小さな嘘です」

「小さな嘘でも、嘘は嘘だ」

「でも、今、ここに遺骨があることを知らさなければ、いつ知らせますか。もうチャンスは巡ってこないかも知れませんよ」

「それでいいよ。孫やひ孫が俺のことを忘れないでくれている。それでいい。そのことが分かっただけでとても嬉しい。今日のように思い出してくれるだけで十分だよ」

「平良上等兵殿、本当にそれで十分なのですか……」

「……うん、それでいい」

平良上等兵は、そう言うと、もう背中を向けて壕に向かって歩き始めていた。

本当にそれでいいのだろうか。そんなはずはない。家族の元へ帰りたいはずだ。妻の手で供養されたいはずだ。

比嘉二等兵は自問を繰り返す。平和な世の中を築いていくためには何が必要か。戦争という大きな嘘こそ問題にすべきではないのか。

「平良上等兵殿……」

比嘉二等兵は、再び平良上等兵の背中に呼びかけた。が、平良上等兵はもう振り返らなかった。比嘉二等兵も自分が一体何を言おうとしているのか、定かではなかった。

見上げると、展望台の二人は何事もなかったかのように、今は顔を寄せ合い、肩を抱き合っている。プロポーズはもう済んだのだろうか。

比嘉二等兵は千代のことを思い出した。千代にはプロポーズすることができなかった。千代への思いは自覚していたのだが、戦争に行く自分の身の上を考えるとプロポーズをするわけにはいかなかった。どんなにか展望台の二人のように、結婚の約束をしたかったことか。あの二人のように、俺と千代の命を引き継いだ子どもを生んで育てたかったことか……。

比嘉二等兵の頭上で、星が輝いている。千代もこの星の下にいるんだ。あの戦乱を生き延びて、きっとどこかでこの星を眺めているに違いない。たぶん、もう結婚もしているだろう。子どもは生まれただろうか。

比嘉二等兵は思わず苦笑した。幽霊の俺は歳は取らないが、千代は歳を取る。戦後六十七年。もうおばあちゃんだ。米寿を迎える腰の曲がったおばあちゃんの年齢だ。そう思うと笑いが出た。大声で笑いたいと思った。樹を揺すりながら笑いたいと思った。平良上等兵が言うように、もう過去のことなど、どうでもいいことなのかもしれない。

比嘉二等兵は、そう思いながら戦死した日のことを思い出した。あの時、なぜ生きようとしなかったのだろう。鈴木軍曹が「一緒に死のう」と呼びかけた言葉にうなずき、身を寄せ合って手榴弾での自決を選んだのだ。加藤大尉が壕内で命を落としたその日だ。

あの時、もし俺や平良上等兵が、戦死した加藤大尉を抱えながら身を隠している鈴木軍曹がいるこの壕に逃げ込まなかったら、あるいは死ななくてすんだかもしれない。少なくとも米軍の銃撃でその場で戦死したら、遺骨は発見され、マブイ（魂）は彷徨《さまよ》うことはなかったかもしれない。なまじっか、生き延びたいがゆえにこの壕にやって来たが、それは永遠の死の始まりだった。鈴木軍曹が爆発させた手榴弾によって、壕内で大きな落盤が起こり、四人の遺体は大量の土砂に埋まってしまったのだ……。

それにしても、なぜ鈴木軍曹は、俺と平良上等兵の死の場所を加藤大尉に隠すのだろう。なぜ真実を語らないのだろう。俺は、第五トーチカの前で爆撃を受けて死んだのではない。鈴木軍曹と共に手榴弾で自決したのだ。平良上等兵もまた、序盤の戦いでなく、この壕の中で死んだのだ。

戦争はどのように語られているのだろうか。死者である俺たちの語りの中にもすでに嘘がある。俺と平良上等兵の死に場所の嘘、そして平良上等兵の辻料亭での料理長の嘘……。生者たちは戦争体験をどのように語っているのだろうか。平良上等兵の奥さんのように、見栄えがよいように語っているのだろうか。

やはり、もうどうでもいいことかもしれない。戦争はもう終わったのだ。生者たちが幸せであれば、戦死した俺たちは救われるのだ。

比嘉二等兵はそのように思いなおすと、再び展望台を眺めた。二人の恋人、淳平と瑤子の姿はもう消えていた。自分と千代にも、二人のように将来の約束ができたかもしれない。一緒に毎日を暮らすことができたのだ。生まれる時代が違うだけで、こんなにも違っていいものか。やはり悔しかった。あの時代をどう生きればよかったのか。あるいは、もっと戦争のことを考えればよかったのか……。

比嘉二等兵は再び込み上げてくる無念さを押し殺した。夜空を見上げる。あの日々にも、夜空の星は、同じように輝いていたのだ……。

6

嘉数高台公園の日曜日は家族連れで賑わう。平地の広場と高台の展望台のどちらにも多くの人々がやって来る。

四人の兵士は複雑な思いで混雑する人々を眺めていた。ここは公園ではない、激戦地なんだ。ここは観光地ではない、多くの仲間たちの死んだ場所なんだと……。

しかし、そんな思いは微妙にねじれてもいる。激戦の地、多くの仲間たちが死んだ場所として記憶に残るには、公園であり、観光地であることが必要かもしれない。そんなふうにも思っているからだ。

それだけではない。微妙なねじれにはもう一つの理由がある。それは、四人にとって、訪れる家族や観光客の姿を眺めるのは楽しいひと時でもあるからだ。四人の側からこの世は見えても、この世から四人の死者たちは見えない。四人は、このことを最大限に活用して楽しむことができるのだ。

例えば家族や観光客の語らいに耳をそばだてる。家族の団らんに分け入ることは夢のような時間である。また、公園を訪れる人々の話は四人とこの世を繋ぐ貴重な情報源になっている。何よりも退屈を紛らわすには、生きている人間を眺めるのが最もよい。

さらに新聞や雑誌なども、訪れる客たちが広げている傍らから首を伸ばして読むことができる。刺激的な写真が含まれる雑誌も多くなったが、これも時勢だ。やむを得ない。それに、訪れた人々が忘れた際には、じっくりと目を通すこともできる。

日曜、祭日の賑わいに比べると、平日には信じられないほど静かな一日がある。平地の遊具で遊ぶ子どもたちの姿が、ちらほらと見えても、高台の展望台まではほとんどだれもやって来ない。高台にはこの地で戦死した人々を祀る慰霊塔が四基もあるのにと思うと少し寂しい。生きている人々は薄情だなとも思う。しかし戦後六十七年も経つとこの薄情さにも慣れてしまう。

四人が寝食を共にしている陣地壕は、高台の展望台の東側の斜面の雑木林の中にある。生い茂った樹々は、昼間でも地上まで光を通さずに薄暗い闇を作っている。展望台からわずか数十メートルの距離だが、急傾斜地であることもあり、入り込む者はほとんどいない。山鳩が入り口の樹々にとまり鳴くこともある。壕の外に出ると、展望台を訪れる人々の声は、昼夜の別なく、いつでもはっきりと聞こえる。

「戦争をしてみたいな」

その声に最初に反応したのは鈴木軍曹だ。睨みつけるように上方の展望台を仰ぎ見る。多くの自衛官の制服が目に入った。

「もう一度戦えば、絶対に勝つ自信がある」

若い数人の自衛官が肩を寄せ合うようにして、ひそひそと囁《ささや》き合っている。

「馬鹿なことを言うな。そんなことを言ったら制裁ものだぞ」

「馬鹿なことではないさ。我々はなんのためにこの地で過去の戦争を学んでいるんだ。次に戦ったら負けないためではないのか？」

「……」

「戦争に勝つための学習だろう？」

「そんなことはない。平和を守るためだ」

「詭弁を弄するな！　この地で敗れ、戦死した兵士の無念さを考えたことがあるか」

「日本の国を守れなかった無念さだ」

「家族の元に帰れずに死ぬことの無念さだ」

「戦いに破れた無念さだよ。生き抜くためには単純なことだ。戦争に勝てばいいのだ」

「いや、戦争をしなければよいのだ」

「馬鹿か、お前は。戦争をしなければ我々の存在理由はない。戦争をするために我々は存在するのだ」

「災害救助のために存在することもできる」

「アホ、災害救助のために戦争の作戦を学ぶか」

「……」

鈴木軍曹は、舌打ちをしながら、なおも若い自衛官を睨みつける。死者からの言葉は届かない。顎《あご》に手を当てて展望台を見上げるだけだ。傍らで平良上等兵も、比嘉二等兵も自衛官たちの論争の行方を見守っている。

比嘉二等兵が唇に指先を当て、オオゴマダラに翅を休めるようにと身振りで合図する。暖かい日差しを探すように飛び交っていた数匹のオオゴマダラが、ゆっくりとホウライカガミの葉に着地し翅を畳む。

「戦争は、我々が起こすのだ」

「ええっ？　どうやって？」

「有事を作るのだ。我々のネットワークは世界の多くの国々にある」

「どうやって有事を作るんだ？」

「簡単なことだよ、国民に危機意識をあおればいい」

「何よりも、国民の意識改革が大切だ。戦争の無残さを忘れさせること、そして現実から目を逸らさせること。戦争は人間が起こすんだ。神ではない」

「なんだか言っていることがよく分からないよ。そのためには、どうすればいいんだ？　戦争体験者の死を待つのかい？　人間は必ず死ぬ」

「そんな悠長なことは言っていられない。戦争体験者ほど、しぶとく生きるからな」

「現実から目を逸らさせるためには、お祭りをどんどんやるか、スポーツ振興が一番だ。そうだ、オリンピックは格好の隠れ蓑になる。東京オリンピックの準備期間中に有事の準備をする」

「そうだな。ここから見える沖縄国際大学にヘリコプターが墜落したときもアテネオリンピックの最中で、国民の目は沖縄ではなくオリンピックへ向かった」

「だから大きな抗議行動も起こらなかった」

「いつまでも戦争の悲惨さを忘れない沖縄県民は、厄介なことだな」

「もう少しの辛抱さ。今に沖縄県民も戦争のことを忘れるよ」

「それもそうだな。長いものには巻かれろか」

「物クユシガ我ガウフシュ（食べ物を恵むのが我が大王だ）」

「ヌチドゥタカラ（命が宝）だ。そう言って、やがてオスプレイの配備にも、みんな賛同するようになるさ」

「言葉の使い方が間違っていないか」

「間違っていないさ。今では首里王府ではなく日本国が我がウフシュだよ」

笑い声を上げながら、集団から離れて話し合っていた自衛官たちも集団の中に入り込む。

五十名ほどの自衛官たちが軍靴を鳴らしながら、展望台から降りて来て立ち去る。肩につけた襟章が太陽の光にきらきらと輝く。

「ぼくもあんな制服を着けて歩いてみたかったなあ」

比嘉二等兵が笑いながらそっとつぶやく。

「学生服にも憧れたけれど、軍人さんの制服はまぶしかった」

比嘉二等兵の脳裏に、父母の姿が浮かんできた。同時に千代の視線も突き刺さる。

「あんな軍服を着けて故郷へ帰りたかった」

「そうだなあ……」

比嘉二等兵と平良上等兵の話に鈴木軍曹が分け入って顔をしかめる。

「馬鹿なことを言うな」

「はっ！」

一瞬にして二人は硬直して身をただす。

「お前たちにではない。あいつらのことだよ」

「はっ」

「あの若い自衛官たちは、自分が死ぬことを忘れている」

「はい！」

「死んだら、生きている者から忘れ去られることを忘れている」

「はい！」

鈴木軍曹は、緊張している二人を見て苦笑した。

「沖縄は、厄介な土地だって言っていたけれど、お前ら、それでいいのか？」

二人は顔を見合わせて答える。

「はい、それで、いいのであります」

「そうか、それで文句はないな」

「はい！」

鈴木軍曹は、二人に向き直って恫喝するように命令する。

「ありったけの銃弾を探せ！　オスプレイと戦うのだ！　加藤隊長殿の言葉を忘れるな！」

「はっ！」

二人は敬礼をして、急いで任務に就いた。北側に据えつけられた二基のトーチカを目指して駆け出した。

7

「どのようにすればオスプレイを撃墜できるか。諸君！　今日はお前たちの意見を聞きたい」

加藤大尉が、嘉数高台から普天間基地までの地図を広げながら語りかける。これまでに立てた作戦は、塹壕《ざんごう》やトーチカの中から砲弾や銃弾を探し、オスプレイが低空飛行をしてきたところを見計らって、狙いを定めて銃撃するというものだった。

銃は一丁、加藤大尉が保持している。ところが、銃弾がなかなか見つからなかった。さらに、オスプレイは嘉数高台公園の上空を離れて飛ぶこともあり、上空を水平で移動した後、普天間飛行場まで行き、そこで垂直に着陸する。オスプレイの性能を甘く見ていた。このままでは、現状は変えられない。加藤大尉が打開策を考えようと提案して集まったのが、今日の会議だった。

しかし、だれにも名案は浮かばなかった。鈴木軍曹は腕を組み、平良上等兵と比嘉二等兵は直立したままで発言もせずに戸惑っている。加藤大尉は二人の緊張をほぐすように穏やかな口調で二人にも話しかける。

「二人とも、銃弾を見つけるのは難しいかなあ。それに三八式歩兵銃一丁だけではなあ。この銃は命中率は優れているのだが、弾がなくてはどうしようもない。鈴木軍曹、三八式歩兵銃の射程距離はいくらだ？」

「はい、日本軍の誇るべき銃で最大飛距離は二四〇〇メートルです。しかし有効射程になると極端に落ちて四六〇メートルになります」

「四六〇メートルか……。オスプレイはこの距離まで接近してくれるかな」

「あり得るとは思いますが、それがいつになるかは見当がつきません」

「そうか……」

「隊長殿、待つのではなく、こちらから積極的に出掛けて行き、攻撃を仕掛けましょう。普天間飛行場に駐機中のオスプレイに損害を与えるのです」

「そうか、それも一案だな。だが、六十七年前も我々はそのような作戦を実行した。敵地に乗り込み、夜陰に紛れて切り込み、戦車に近寄って、手榴弾を投げ込んだ。しかし、今は投げ込む手榴弾もないぞ」

「なんとかなるはずです。基地にさえ侵入できれば、武器を手に入れることができるはずです」

「そうか、しかし、はずではない答えが欲しいなあ」

加藤大尉が笑顔を浮かべながら、ため息をつく。平良上等兵を見る。

「平良上等兵、お前はどう思う。弾がなくても、オスプレイを撃墜する方法はあるか？」

「はっ！」

平良上等兵の脳裏に、尋ねられて即座に浮かんだ答えが一つあった。考える間もなく言葉になって口を出た。

「煙を出すのはどうでしょう」

「煙？」

「はい、松の枝などを燃やして、天高くまで煙幕を張って、操縦している兵士の目をくらますのです」

平良上等兵は、辻の料亭で働き始めたころ、火付きの悪い松の枝葉で、煙に巻かれて目に涙が溜まって目前が見えなくなったことを思い出したのだ。

「そうか……。でも、煙が風に流されずに上空まで届けばいいのだがなあ。なあ比嘉君、貴様はどう思う？」

加藤大尉は、比嘉二等兵にも親しげに声を掛ける。

「はい……、凧揚《たこあ》げなどは、どうでしょう」

「凧揚げ？」

「はい、凧揚げです。正月に子どもたちが上げる凧揚げです。あれをたくさん揚げて、オスプレイの飛行を阻止するのです。混乱させて墜落を誘う」

「なるほど、面白い！」

「銃撃ではなく事故に見せかけるんです。平和的な手段です」

「そうか、なるほどな。しかし、事故でいいのか。世間にアピールするための効果の点ではどうだろう」

「やっぱり、撃ち落した方がいい」

加藤大尉の疑問を横から受け継いで鈴木軍曹が口を挟む。比嘉二等兵が口ごもる。その二人を見て、加藤大尉は、ますます楽しそうに笑みを浮かべて尋ね続ける。

「凧揚げの光景も、最近は見なくなったからなあ」

「はい、弾もない、銃も使えない、凧揚げもできない……、それなら」

「それなら、どうする？　比嘉君」

「風船は使えるはずです。風船はもっと簡単に手に入ります。手間が掛からない」

「なるほど」

「平和を願うデモ隊と連携して実行するのです」

「みんなで風船を飛ばすのだな」

「そうです。たくさんの風船を飛ばすのです。風船を避けるためにオスプレイは必ずや衝突を起こす。そして墜落する」

「なるほどな。お前たち二人の頭脳は、子どもみたいに柔軟なんだな。発想が豊かだ。見直したぞ、ご両人」

「はい！」

二人は、加藤大尉に誉められた嬉しさのあまり、顔をほころばせる。しかし、加藤大尉は本当に誉めているのか疑わしい。あるいは皮肉のような気もするが二人は疑わない。

「二人の提案を、鈴木軍曹はどう思うかな」

「はい、馬鹿げています。幼稚すぎて感想も言えません」

「そんなことはあるまい。何もせんで手を拱《こまね》いているよりはよっぽど知恵がある。俺は学生のころ、精霊飛ばしという行事が、タイのチェンマイという地方にあるのを、ある本で読んだことがある。日本の精霊流しは、灯明を川や海に流すが、チェンマイでは、天国に飛ばすのだ。四角や丸い紙籠を作って、下に火を灯してアドバルーンのように打ち上げるのだ。いい案じゃないか。沖縄の観光資源にもなるぞ。実行してみる価値があるかもしれない。そう思わんかね、鈴木軍曹。何かをしないと状況は変わらない。手を拱いているよりは実行あるのみだ」

「はい。隊長殿、二人の意見を聞いて、私にもいい案が浮かびました」

「なんだ、言ってみろ」

鈴木軍曹が、敬礼をしながら姿勢を正して答える。

「はい、オオゴマダラです。夜は精霊飛ばし、昼はオオゴマダラです。オオゴマダラを増やして、一斉に空に解き放つのです。普天間基地の上空が、最も効果的でしょう」

「駄目だ！」

比嘉二等兵が、慌てて悲鳴にも似た叫び声を上げる。

「オオゴマダラが死んでしまうよ」

「お国のためだ。多少の犠牲はやむを得ん」

「駄目だ！　オオゴマダラは千代なんだ」

「千代？　千代とはなんだ？」

「……」

「平良上等兵、千代とはどういうことだ」

「はい、一緒になれなかった比嘉二等兵の恋人の名前です」

鈴木軍曹の質問に平良上等兵が説明する。

「そうか、それは気の毒だったな。だがやむを得ん。諦めるんだ」

その言葉を聞いて、比嘉二等兵が、鈴木軍曹に飛びかかる。それを慌てて平良上等兵が引き離す。

「まだ実行すると決まったわけではないんだ。慌てるな」

比嘉二等兵の突然の攻撃に尻餅をつき、ズボンの尻を土で汚した鈴木軍曹が立ち上がりながら言う。

「上官に盾突くと軍法会議ものだぞ」

「はい、申し訳ありませんでした」

比嘉二等兵が恐縮して敬礼する。

「しかし千代の力は強いなあ。比嘉二等兵、実に頼もしい」

鈴木軍曹が、汚れた服を手で叩きながら笑って言う。

「愛するもののために死ぬことはできても、愛するものを死なせないか……。俺たち、ヤマトの兵隊は、沖縄のために何ができて、何ができなかったのかなあ。それとも、最初から沖縄のことなんか考えていなかったのかなあ……」

「隊長殿……、戦わないことを考えてはどうでしょう」

平良上等兵が、顔を明るく輝かせて大発見をしたかのように勢いよく話しかける。

「オスプレイを撃ち落とすのではなく、戦わないことを考えるんです。戦うことを考えていたんでは、戦前と同じだ……」

加藤大尉が、平良上等兵へ興味深げに向きを変える。

「なるほど、戦わないことを考えるか。貴重な提言だ。考えてみる必要はあるぞ。ひょっとして沖縄県民はこのことを一番に望んでいるのかもしれないな。いや我々も、このことをもっと考えるべきかもしれない。戦うことだけを考えているようでは、いつまでも戦いは終わらない。過去の戦争を教訓にしなければなあ。過去と同じ方法では、いつまでも平和はやって来ない」

その時、突然、頭上で轟音が響き渡った。

「オスプレイだ！」

「身を隠せ！　ひとまず隠れろ！」

「身ではない、魂を隠すんだ！」

オスプレイが、銀色の胴体を光らせながら飛んで来る。一機、二機、三機……と、プロペラが見える。やがて頭上を過ぎ、大騒音を撒き散らしながら普天間飛行場を目指して飛んでいった。

「あれを、どうするかだ」

「撃ち落とすだけでなく、飛ばさないことをも考える」

「平和な空にするために、平和的な方法で」

「考えること、それが俺たちの使命か」

四人の兵士は腕を組んでオスプレイの機影を目で追う。

オスプレイの騒音は、滑走路に近い大謝名《おおじゃな》公民館では最大九七・三デシベルを記録したという。人体への影響は五〇デシベルを超えると現れるというが、およそ、その二倍だ。規定値を超えると、疲労の増大、睡眠の妨害、血圧の上昇、胃や唾液の分泌液の減少、自律神経への影響など様々な症状が現れるという。騒音がひどいと難聴になる確率も高く、それゆえに五〇デシベルを超える騒音があれば対策をとる必要があるという。飛行場周辺では九〇デシベルを超える騒音は、一日に数十回もあり、オスプレイ特有の低周波音の影響と見られる振動から、自動車の盗難予防の機器が誤作動し鳴り響くことさえあるという。

「もう一度、作戦を練り直さねばならないな」

だれのつぶやきかは分からない。オスプレイの機影を見続けたままで、言葉は話し手を不明にしたままで飛び交った。

8

嘉数高台公園から見下ろす眼下の住宅街の一軒に、黄色い旗が何日もはためいている。普天間基地へのオスプレイの配備が決まった日から掲げられている。その家に住む住人の抗議の意思を表示したものだと考えられる。老いた夫婦が二人だけで住んでいる家だ。その家の屋根にはさらに数日前から赤いペンキで描かれた文字が鮮やかに浮かび上がった。「NO！ Osp ｒｅｙ」。戦っているのだ。老いた夫婦が、二人だけで見つけた方法で、戦い続けているのだ。

四人の兵士にも、刻まれない時間が経過し暦が捲られ歳月は流れていく。しかし、四人は、いまだオスプレイを飛ばさない有効な方法を考えあぐねていた。やはり撃墜することが最も効果的で唯一の方法なのだろうか。

軍事基地がある限り軍用機は飛ぶ。軍用機が飛ぶ限り事故は起こる。事故が起これば人の命が奪われる。そして訓練がある限り事故は起こる。なぜなら訓練は事故を想定して行われるからだ。単純な理屈だ。軍事基地も軍用機もその目的のために造られたものだからだ。

鈴木軍曹が比嘉二等兵をからかう。

「比嘉、オオゴマダラが駄目なら、お前のふくらはぎを見せたらどうだ。アメリカ兵はあっちが好きらしいからな。お前の白いふくらはぎを見たら、女と思って操縦を誤るかもしれんぞ。オスプレイが飛んで来たら一度やってみんか」

鈴木軍曹のそんな下卑た冗談にも、もうだれも笑わなくなっていた。

冷たい風が展望台に吹き始めると、さすがに訪れる客も少なくなった。しかし、オスプレイは季節に関係なく轟音を撒き散らして飛び続ける。飛び続ける軍用機はオスプレイだけではない。輸送機もヘリコプターもオスプレイに負けないほどの轟音をまき散らしながら飛び続ける。空に映る異形の機影は、平和を願う人々の思いを嘲笑する。

四人は拳を握って歯軋りした。その四人が、一つの新聞記事に同時に目を凝らしてつぶやいた。

「琉球独立か……」

「あり得ない」

「いや、可能性は高いかもしれないぞ。独立に至るプロセスさえしっかり示してくれれば、案外と沖縄県民は賛同するかもしれない」

「このことを研究する学者や賛同者の集会に三千人余が集まったという記事だな」

「沖縄が独立すると、ヤマト本土からの移住者が増えるかもしれないぞ。戦争を準備する国よりも平和な島が住みよいはずだと、希望をもって移って来る」

「いよいよ、始まるのかな」

「まさか……、あり得ない」

「いや、あり得るよ。堪忍袋の緒が切れたというやつだよ。辺野古《へのこ》の海上に新しい基地でも建設されてみろ、沖縄は永久に基地の島だ」

「政府は、新基地ではない。普天間基地の危険除去だと言っている」

「辺野古の人々の命はどうなるの？　普天間より辺野古の住民は少ない。命は数の問題だとしているのかな」

「海上基地が出来れば、日本政府は、アメリカ政府から頭を撫でられて、おー、よしよし、よくやったと誉められるんだろうね。ノーベル平和賞ものだな」

「いや、アメリカ政府も意外と辺野古移転は難しいと考えているんじゃないか。大和《やまトゥ》政府のみが安保体制の堅持に固執している」

「唐ヌ世《ユ》から大和ヌ世《ユ》、大和ヌ世《ユ》からアメリカ世《ユ》……か。俺たちの時代は、大和政府と一緒になろうと必死に努力したのに、今は離れようと必死に努力しているということか」

「歴史の皮肉か」

「歴史は、繰り返さないほうがいい」

「そうだよなあ」

四人の兵士たちは新聞を読みながら意見を交わす。「琉球独立を模索」という記事以外にも、いくつかの新聞記事が壕の中に持ち込まれてスクラップされている。「収骨調査のやり直しを」「ガマフヤーの執念で遺骨収集」「樹上の兵士の戦争」……等々だ。

もちろん、嘉数高台をめぐる攻防戦の記事もある。

「四月二十二日、アメリカ軍側は嘉数陣地を完全に占拠するために部隊の再編成及び作戦変更等を行った。部隊の再編成とは、嘉数の戦いに投入する兵を増やし三個師団からなる強力な大隊を寄せ集め、これに戦車、工兵部隊を加えた特攻隊の編成である。この部隊は俗にブラッドフォード特攻隊と呼ばれている……」

記事に目を凝らしていた四人の耳に、上方から風に乗って老婆の声が聞こえてきた。

「ウートウトゥ、アアトウトゥ。カフウシドー。チューヌユカル日ニ、ウニゲーグトゥヌアティ、チャービタン……」

「おい、平良上等兵、あの老婆は何と言っているのだ」

鈴木軍曹が、興味深そうに平良上等兵に尋ねる。

「はい。日本語に直します。私はお祈りに来ました。豊かな日々が続きますように。今日のよき日を選んで、お願い事があって参りました……」

老婆は、もう八十歳を過ぎているかもしれない。香を立て、手を合わせて座っている姿は子どもほどに小さくなっている。付き添いの息子と思われる男も六十歳を越えているように思われる。「嘉数の塔」と書かれた慰霊塔の前に茣蓙《ござ》を敷き、溢れるほどの供え物を詰め込んだ重箱を前に置いて熱心に祈っている。小さなつぶやきだが、老婆の言葉は、四人の元に確実に届いてきた。老婆の声は、はっきりと聞こえる。

「おい、平良上等兵、老婆はなんと言っているのだ?」

鈴木軍曹が、再び尋ねる。

平良上等兵の傍らで、比嘉二等兵がオオゴマダラを飛ばす。ゆっくりと翅を波打たせて老婆の元へ飛んで行く。比嘉二等兵の目頭が赤くなって潤んでいる。涙が滲んでいる。三人の視線は比嘉二等兵と老婆の方へ交互に向く。

「平良上等兵、老婆はなんと言っているのだ！」

「はい」

鈴木軍曹のいらだった声に一瞬、平良上等兵は吾に返る。

平良上等兵が、比嘉二等兵を気遣うように鈴木軍曹と加藤大尉の元に摺り寄って耳元で話す。

「私の恋人がこの嘉数高台で戦死したと言っています。遺骨はいまだ回収されていないが成仏して欲しいと……。その人をどんなに愛していたか。今日は息子の太一と一緒にやって来た。恋人は戦死してしまったが私には太一がいる。そのお陰で、希望を捨てずに生き続けることができた。ここまで必死に生きてきたが、もう余命、幾ばくもない。私が気になることはただ一つ、恋人の遺骨を探して供養してやれなかったことだ。恋人は、太一が生まれることも知らずに徴兵された。将来を嘱望されていた琉球舞踊の若い踊り手であった。私もそのころ、一緒に琉球舞踊を習っていた。その当時の恋人の歳は十九歳。希望して郷土防衛隊に入隊した」

「……」

「恋人の名前は……」

「もういい！」

鈴木軍曹が、声を荒げて平良上等兵の説明を止める。その傍らでじっと黙って聞いていた加藤大尉がポツリとつぶやく。

「沖縄の人々は、いつまでも死者を忘れないんだなあ。俺と鈴木軍曹は、すっかり忘れ去られてしまっているのになあ」

加藤大尉は、鈴木軍曹と顔を見合わせて苦笑した。寂しい苦笑であることは、平良上等兵にもすぐに分かった。

比嘉二等兵が、嗚咽を堪えきれずに膝から崩折れた。両手で顔を覆い泣き出した。オオゴマダラが比嘉二等兵の涙に誘われたのか次々と飛んで来た。比嘉二等兵は蜜の涙を身体中に溜めて生きてきたのだろうか。戦後六十七年余で溜まった涙の味をオオゴマダラは知っているのだろうか……。

比嘉二等兵の周りを飛び交うのももどかしそうに、オオゴマダラは次々と比嘉二等兵の身体に飛び降りた。三人の兵士は呆然とその様子を眺めていた。

9

歳月は、生者にも死者にも流れていく。ミーニシ（北風）が吹き、秋の季節になると、渡り鳥のサシバが北を目指して飛んで行く。短い冬が過ぎると暖かい春がすぐにやって来る。

嘉数高台公園を訪れる客には米軍の海兵隊員もいる。日本の自衛隊員と同じように、沖縄戦における嘉数の攻防戦を学習するためだ。

嘉数の戦いは四月八日から始まったが、それに先立って五日には、嘉数戦の序章ともいうべき宇地泊《うちどまり》の戦いがアメリカ軍歩兵三八三連隊と日本軍独立歩兵第一三大隊との間で始まった。この戦いを皮切りに、日米両軍の主力が嘉数で激突する。

四月九日、アメリカ軍は歩兵三八三連隊第一大隊、第三大隊が午前六時、嘉数陣地北側に奇襲攻撃をかける。この間に他の主力が前進、日本軍との間で熾烈《しれつ》な白兵戦が始まる。アメリカ軍側は中隊を横一列に並べて前進するが、これに気付いた日本軍は機関銃での反撃を開始、白兵戦は一説によると二時間余りにも及んだという。

四月十日、アメリカ軍は前日に引き続き攻撃に出る。日本軍は狙い定めた砲火によりこれを撃退するが、兵力の手薄な北西部の七〇高地の陣地では米軍が日本軍に肉薄し、前日のような白兵戦が展開される。この戦いにおいて北西陣地の一部が米軍に奪取される。

四月十二日、アメリカ軍は、航空攻撃の支援のもとに第九六師団での攻撃を行う。日本軍も可能な限りの火砲を投入、第九六師団は今まで経験したことのない猛攻撃を受けたとされる。高台を有効に利用した日本軍側は果敢に反撃を続けるが、物量の面では戦力に歴然とした差があった。アメリカ軍側は戦力を増強、戦車も続々と投入する。日本軍側は砲弾の補充もないままの日々が続く。やがて形勢はアメリカ軍側有利に展開していく。

展望台では米軍の海兵隊の上官も、日本の自衛隊の上官と同じように勝ち負けにこだわりながら状況を説明する。もちろん母国語でだ。

「結局、俺たちの国が勝ったのだよ」

「日本軍は、巧妙に隠した速射砲、高射砲、迫撃砲等で攻撃してきた。急造爆雷を背負った特攻兵の戦車への体当たり攻撃なども経験した」

「我々の軍は、この地での経験をその後の作戦に取り込んだ。この戦いで日本軍の作戦を解明し、以後の南部戦線侵攻作戦に生かすことになる」

胸にたくさんのバッジを付け、将校と思われる兵士が、若い海兵隊員に向かって説明している。

将校の英語での説明を、加藤大尉が理解することができた。加藤大尉は京都の老舗の呉服屋の養子である。大学で語学を学んでいた。古都を訪ねる英米人の案内と商売のためであったが、生きている間は役に立たなかった。

加藤大尉は、いつものように苦笑を浮かべ、将校の説明を三人の兵士に訳して伝えてくれた。学んだ語学が死んでから役に立つとは皮肉なものである。そう思うと、苦笑は消えなかった。

「犬死だ。全く馬鹿なやつらだよ」

その将校の言葉に、加藤大尉の表情から笑みが消えた。

「命を大切にすることを忘れた側に勝利はない。命を守ろうとするからこそ、有効な作戦が生まれるのだ」

米軍の将校の説明に、加藤大尉の表情が徐々に険しくなる。他の三人も顔を見合わせながら、突然通訳をやめた加藤大尉を見つめている。将校は、なおも話し続ける。

「沖縄の人々はみんな優しい。沖縄にはイチャリバチョーデー（出会えばみな兄弟だ）という考えがある。沖縄の地は米国にとって演習天国だ。友達になれるよ。日本政府が金を出す。沖縄県民は心を差し出す。我々にとって最も安心して演習できる格好な地、それが沖縄だ。我々に対するテロは、戦後六十七年余、一度だってない」

そのとき、オスプレイが轟音を上げながらやって来た。海兵隊員の中から拍手が起こる。追加配備されたオスプレイだ。四機の編隊が上空を飛んで行く。飛び去った後、上官は再び笑顔で説明する。

「日本の政府が我々を守ってくれる。心配ない。いつでも大丈夫だ。いつでも安心して演習に打ち込める」

加藤大尉がそれを聞いて、徐々に顔をしかめる。やがて怒りの形相になり、珍しく語気を強めて命令する。

「オスプレイを事故に見せかける必要などない。やっと探し当てて手に入れた一発の銃弾で必ず仕留める。一発必中だ。次のオスプレイに発射する」

三人の部下を見回して、力強く命令する。

「全員、戦闘配置につけ！　戦闘開始だ！」

「はい！」

加藤大尉の命令に、鈴木軍曹、平良上等兵、比嘉二等兵は横一列に並び、力強く敬礼をしてトーチカの下に潜り込んだ。

10

加藤大尉を含め、四人の兵士は辛抱強くオスプレイが飛んで来るのを待った。沖縄の日中の日差しは強い。嘉数高台を覆った六十七年前の四月の陽射しも目くらむほどに強かった。美しい夜空には照明弾が上がり、砲弾が打ち込まれた。砲弾は停泊中の艦船から打ち込まれることもあり、東の方角の我如古《がねこ》方面から飛んで来ることもあった。飛行機による射撃もあり、徐々に兵力を失っていった日本軍は、ついに主力部隊を撤退させたのだ。

主力部隊と言っても、戦いの後半には日本軍の戦力は初期の三分の一ほどに低下しており傷ついた敗残兵たちだった。また撤退するといっても、西原、棚原、前田の地を死守して交戦を続けている日本の守備軍へ合流することだった。合流の途中にも、また合流してからも米軍との間ですさまじい戦闘が継続されることはだれもが予想できた。退くも地獄、留まるも地獄であった。

独立歩兵第一五大隊を指揮していた加藤幸雄大尉は残留を決意した。戦える兵士はわずかであったが、砲弾の補給もないままに四月二十四日、最後の決戦を挑み全員が戦死した。そのころには辺りを美しく彩っていた樹々もことごとく焼失し、地肌が剥き出しになっていた。

壕前から姿を消した四人の兵士を気遣うように、トーチカの周りをオオゴマダラが飛び交った。あるいは何かを感じ取ったのかもしれない。ゆっくりと翅を動かしながら、別れを惜しむように飛んでいたが、やがて消え去った。比嘉二等兵が強く追い払ったようにも見えた。

四人の兵士には確信があった。オスプレイは夕方には普天間基地に戻って来る。時刻はその夕方に押し迫っていた。四人の間に緊張感が徐々に高まっていた。

比嘉二等兵は飛び去ったオオゴマダラを見ながら、必死に祈っていた千代の姿を思い出していた。あの日もそうだった。千代のことを思い出しながら、その姿を振り切って鈴木軍曹の誘いに同意して自決したのだ……。

慰霊塔の前に座り込み、懸命に祈る千代の姿は、年老いて小さくなっていた。無性に寂しかった。泣き崩れる以外に仕方がなかった。自分の命が息子の太一に引き継がれていることを知ったが、不思議なことに喜びの感慨は起こらなかった。悲しみの感情だけが溢れ出た。千代は結婚もせずに太一を生み、育て、守り続けたのだ。そう思うと、千代の苦労だけが思いやられて、比嘉二等兵を打ちのめした。

比嘉二等兵の脳裏に、千代と一緒に踊った「加那ヨー天川」の三線の曲が流れてきた。観客の拍手に視線を合わせ、笑みを交わした千代の姿が蘇ってきた。目からは再び大粒の涙が溢れてきた。小さくつぶやいた。

「千代……」と。

それが一度目の死との違いだ。今は、死を生きている。そして希望がある。

比嘉二等兵だけではない。四人の兵士のみんなが、なぜか再び死が訪れるに違いないと思っていた。二度目の死だ。そしてそれぞれが死んだあの日と同じように、脳裏に生前の記憶を蘇らせていた。加藤大尉は学び舎の京都帝国大学の図書館から眺めた銀杏並木を思い出していた。呉服屋の養子になったが悔いてはいなかった。妻と古寺を訪ね、紅葉を楽しんだ。金閣寺を二人して長く眺めた一日もあった。茶店で食べた団子の味をからかった。多くのカラスが鳴き叫び群れて飛んでいるのを不思議に思って見上げたこともあった。池の鯉に手を伸ばした姿を見て、いつまでも子どもじみていると言って妻は笑い続けた。笑い続ける妻こそ子どもじみていると思った。たぶん、幸せだったのだろう。あのころにはもう戻れないのだ。

鈴木軍曹は、自爆したあの日、蚊帳の中に横たわる妻と子どもの寝顔を思い浮かべた。手榴弾を握りながら二人の笑顔を一つ違いの弟も眺めていると思った瞬間、妻子を頼むと心で叫んで勢いよく手を振り下ろしたのだ。自分の記憶から一刻も早く妻の思い出が消えて欲しい。同時に、そんな寂しさに耐えられないかもしれない。そう思って死を決意した。

平良上等兵は、ひそかに思いを寄せている賄い婦のサヨを思い出した。サヨには暴力を振るう夫がいて、度々、顔を殴られた青あざを残したままで仕事にやって来た。夫のことを決して愚痴ることはなかったが、逆に辛さが思いやられた。妻に恥じ入るようなことは何もなかったが、若い妻や子どものことを思い出さない自分を叱責して苦笑した。その瞬間、爆発が起こった。生きるべきだったのかもしれない。あの日まで、なんとか生きてきたのだ。しかし、悔やんでも仕方がない。悔やまない選択をすべきだったのだ。

ひ孫の瑤子の登場にも、名乗ることのできないためらいは、どこから来るのだろう……。瑤子が幸せになるためにも、決して戦争を起こしてはいけないのだ。熱い思いが一気に言葉になった。

「隊長殿……」

「どうした、平良上等兵」

「……」

「言いたいことがあったら言ってみろ」

「はい、我々は、生きるべきです。最後の一発を、無駄にしてはいけないのではないでしょうか」

「……」

「この一発を本当に、オスプレイを撃ち落とすことに使うべきなのか。我々が今、最もやらなければならないことは、生き続けるために、平和をつくることだと思います。オスプレイを撃ち落とせば、世の中が変わるのでしょうか、平和が訪れるのでしょうか」

平良上等兵の声は、徐々に大きくなった。加藤大尉の耳には十分に届いていた。それは加藤大尉だけでない。トーチカ内で息を潜めているみんなの耳にも届いていた。しかし、だれも応えることはできなかった。深い沈黙がみんなを襲った。

その沈黙の中を、平良上等兵が、再び明確な言葉で精一杯に訴える。

「神様は、一度しかない人生を、みんなに平等に配ったのです。しかし、我々は二度配られた。無駄にすべきではない……」

「我々は、神様に選ばれたということか」

「はい、そうです。そうだと思います。我々は死者たちにも選ばれたのです。生き残った人々にも選ばれたのです」

鈴木軍曹の問いかけに、平良上等兵が大きくうなずきながら答えた。

「我々は、平和の一発をこそ大空に向かって撃つべきなのです」

やがて加藤大尉が笑みを浮かべながら腕組みをほどいた。

「なるほどな。平良上等兵、お前の言っていることはよく分かった。平和を創ることは、ここにいる四人、いやここで死んだ八万八千人の死者たち、みんなの思いでもある。最後の一発は、世界の人々の平和を願う心と繋がらなければならない。希望の一発にしたい。決意の一発にしたい。そう言いたいんだな」

「はい、そのとおりです」

平良上等兵が、大きくうなずいた。

「オスプレイに向けるのではなく、大空に向ける平和の号砲ということか」

加藤大尉が、再び腕組みをして大空に目をやった。他の三人も黙ったままで大空を見上げた。

夕暮れの穏やかな光がトーチカ内にも柔らかく差し込んでいた。

四人の沈黙や思考に抗《あらが》うように、展望台から人々のざわめきが聞こえてきた。夕方に帰還するオスプレイを見学に来た集団のようだ。華やいだ声を上げながら、西に沈む夕日を指差している。双眼鏡を手に持ち、今や遅しとオスプレイを待っている。呑気《のんき》なものだと思う。これが平和なのか。これでいいのか。加藤大尉が苦笑しながら目を閉じた。

やがて、四人は、それぞれに小さくつぶやいた。

「最後の一発」「希望の一発」「選ばれた一発」「死者からの一発」「平和の一発」……。

突然、四人の思いを打ち破るようにトーチカ内で電話が鳴った。

「おい、どうしたんだ！」

加藤大尉の言葉に、一斉にトーチカの片隅に目をやる。そこには壊れた無線機が放置されていた。半分ほどは土を被り、半分ほどは剥《む》き出しになって青い錆が吹き出ている。

「まさか……」

四人は互いに顔を見合わせた。無線が繋がったのだ。

「隊長殿……」

鈴木軍曹の声が震えている。やがて音が鳴り止んだ。

「どこからの、電話だろう」

「どこと繋がったのか」

いや、空耳かもしれない。あるいは展望台から聞こえたのかもしれない。鈴木軍曹がおそるおそる無線機に近寄る。近寄ったもののどうしていいか分からない。鈴木軍曹は腰を下ろすことさえ忘れている。

再び、大音響で電話が鳴り出した。無線機が土を撥ね、振動している姿が見え隠れする。

加藤大尉が意を決したように鈴木軍曹に命令する。

「鈴木軍曹、受話器を取って報告しろ！　嘉数高地、いまだ戦闘中！　平和を祈願して、最後の一発を撃ちます、と」

その声がトーチカ内に大きく響き渡った。鈴木軍曹がうなずいた。

加藤大尉が銃を持ってトーチカの外に出た。広い大空を眺めて笑顔を浮かべている。四人の兵士それぞれが、それぞれの思いと向き合った。加藤大尉が夕陽を浴びながら、夕暮れ時の静かな大空に銃口を向ける。みんなが加藤大尉と同じ視線を大空に向ける。

その時だった。突然大爆発が起こった。加藤大尉が引き金を引く前に、四人の傍らで大音響と共に土埃が舞い上がった。激しい爆発音が嘉数高台公園に響き渡った。樹々が大きく巨体を揺らしながら目前に倒れた。岩石が雨のように降ってくる。視界が一気に遮られ互いを見失った。あの時と同じ光景だ。

激しい爆発音が静まると、嘉数高台公園の展望台から人々のざわめく声が聞こえてきた。

「なんだ、何があったんだ？」

「爆発したんだよ、爆発！」

「だから、何が、何が爆発したんだ?」

「不発弾だよ、不発弾、不発弾が爆発したんだ」

「不発弾が爆発?」

「そうだ、藪の中からだ」

「トーチカの傍だ」

「まさか、戦後六十七年だよ……」

嘉数高台公園にいる人々の声は、四人の兵士の耳にはもう届かなかった。爆発音と共に、オオゴマダラが一斉に飛び去った。

どこかに巣を作っていたであろう小鳥たちも、すさまじい羽音を立てて飛び立った。大音響の音の出所を確かめるように、夕日を浴びた空で旋回し続けていた。しかし、オオゴマダラの姿は、もうどこにも見えなかった。


〈了〉

ツツジ

I

庭に小さな菜園を造った。退職後の夢だった。芝生を剥ぎ取り、ツルハシを振り下ろした。最初は鍬《くわ》を入れたのだが、土の下に多くの岩石が隠れていて、鍬では無理だった。サクサクとした赤土の下に白い石灰岩がツルハシをも跳ね返した。背中にも額にも汗をかいた。

土の匂いがいとおしかった。人間は土に還るというが、たぶん本当のことなのだ。掘り起こした土を何度も手で握り、揉みほぐして感触を確かめた。長いこと忘れていた幼少期の思い出も蘇ってきた。

小学校三年生のころだ。父は、私と兄の二人にそれぞれ二畳ほどの広さの畑を与えて、そこに野菜を植えさせた。我が家からそれほど遠くない村人の土地を借りたものだった。兄はすぐに興味を失ったが、私はニンジンや、ねぎや、春菊などを植えた。兄の畑まで利用した。トマトが実ったときは、父にも誉められた。

遠い過去のことだからか、あの時の土の匂いとは違うような気がする。しかし懐かしい匂いだ。例えて言えば、少年のころ一緒に野山を駆け巡った愛犬メリーの匂いだ。もちろん、地域によって、また時代によって土の匂いは違うのだろうが、なんだか新しい発見をしたような気分になって何度も手に握り細かく砕いた。

日差しが和らいだころ、裏庭に小さな三畝《うね》の畑がこんもりと膨らんだ土肌を見せて形を現した。もう一度、掘り起こして石を取り除く。それから用意した肥料を入れて土と混ぜ合わせる。種苗店から買ってきたオクラの苗と茄子の苗を植えた。苗と一緒に買った散水用のホースを蛇口に繋ぎ、水を撒いた。すべての作業が終わるころには、太陽は西に傾きかけていた。ほぼ一日の作業になった。

ほっと一息ついていると、嘉数高台公園《かかずたかだいこうえん》の方角から人声が聞こえてきた。見上げると数人の人々の姿がある。私の家は嘉数高台公園の東側の下手にある。そのために話し声や笑い声が、風向きによってよく聞こえることがある。嘉数高台公園は去る大戦で日米両軍が一進一退の攻防を続けた激戦地だ。今でも壕跡やトーチカの痕跡が生々しく残っている。

私は、今年の三月に大学教員を定年で退職した。県立高校退職後の五年間という短い期間の仕事先だったが充足感があった。高校在職中から国語教育に携わっていたこともあって、少しばかり「書くこと」にも関心があった。何冊かの詩集も上梓した。その中の一冊が「山之口貘賞」を受賞した。地元の生んだ高名な詩人の名を冠した賞だ。

退職したらやりたいことは二つあった。一つは裏庭に菜園を造ること、そしてもう一つは、私の故郷であるヤンバルのO《オー》村の戦争犠牲者のことを調べて一冊の本にまとめたいということだった。詩への興味は、もう失っていた。

戦争犠牲者のことを調べたいと思ったのは、二〇一四年にノーベル文学賞を受賞したパトリック・モディアーノの作品『一九四一年、パリの尋ね人』を読んだからだ。モディアーノは戦争下の祖国パリにこだわり、過去や出自を問い詰めていく。ユダヤ人である父やモディアーノ自身の出自や生き方を見つめながら、ひいては国家や人間の責任にまで言及する。刺激的な作品だった。

沖縄の地で生まれ、沖縄の地で生きている表現者にとって、戦争体験の形象化は避けては通れない大きなテーマである。モディアーノの作品を読みながら、そのようなことが大きく浮かび上がってきた。書くことを忘れていた自分を奮い立たせ、書くことの最後の作業として、このことを成し遂げたいと思った。また故郷への恩返しにもなるように思ったのだ。

私は、O村にある親族の家を使わしてもらう相談をして了解を得た。母の弟に当たる叔父の実家だったが、叔父も亡くなり、家族は那覇に移り住んで空き家になっている。私の実家は故郷には、もうなかった。父は教職に就き、故郷を離れて各地を転々としたので、家族も一緒に父の赴任地を渡り歩いたのだ。もちろん両親とも既に亡くなっている。父の三十三年忌は既に済んだが、母の三十三年忌は来年だ。

それゆえに、遺族からの聞き取りは、自宅と叔父の家とを往復しながらの作業になる。急ぐことは特になかった。もちろん、私の人生の時間は、もう多くはなかった。残された人生の歳月は死から逆算したほうが早い。また、戦後七十年、故郷の戦争体験者も高齢化していた。そういう意味では急がねばならない作業でもあった。

2

私にとって他人の話を聞くのは予想以上に辛い作業だった。大学を卒業してから三十年余もの間、私は一貫して教職に就いて働いてきた。だから、どちらかというと聞くよりも話す立場に身を置くことが多かった。よく聞くことのできる教師が素晴らしい教師だと、学生たちには話してきたが、簡単なことではなかった。

聞くことの辛さの多くは、話し手の語る内容によるものだ。その内容とは、もちろん戦争体験の聞き取りであるがゆえに悲しい内容である。肉親や親族の死を語る話し手の思いに同情することからくる辛さだ。

それだけではない。話し手の多くは、自分が生き延びたことの罪悪感や苦しみを語ることが多かった。このことについても安易にうなずけないだけに、よけいに聞くことは辛かった。

話し手の多くは、私の父や母、兄や姉を知っているだけに同郷の私に無防備になり、本音で向き合い、心情を吐露することも多かった。戦争体験者でない私は、体験者でないことを隠れ蓑にしたが、辛さは減少しなかった。

私はやはり聞くことには慣れていなかった。戸惑うことが多かった。沈黙の時間には、さらに慣れていなかった。私は耐えられずに、相手に同情して言葉をすぐに挟んだ。もう話さなくてもいいんだよ。十分に苦しんだんだからもういいんだよ、と内なる声に突き動かされて話の腰を折り相槌を打ったのだ。

また、私は時として故郷のためによかれと思ってやっている行為が、実は迷惑な行為になっているのではないかと悩まされた。傷が癒えて瘡蓋《かさぶた》で覆った過去の記憶を、瘡蓋を剥がして人目に曝そうとしているのではないか。なんのために戦争体験を語ってもらおうとしているのか。彼らにとって語ることは、それほどに重要なことなのか。私にとって意味のあることでも、彼らにとっては悲しみを倍加させることになるのではないか。封印してもいい記憶があるのではないか、と……。

私は自問した。自問しながら彼らの前に座った。そして、ＩＣレコーダーのスイッチを押した。

「私の母はね、幼い弟に乳首をくわえさせながら亡くなりました。乳は出なかったと思います。父が戦争にとられて、私たちは親族と一緒に山中に避難したのです。あっという間に食べ物はなくなりました。食べられるものはなんでも食べました。カエルもカタツムリも食べました……」

「ぼくは、第二護郷隊に召集された。護郷隊は遊撃隊だよ。ゲリラ部隊だ。当時、ぼくは十七歳、名護で訓練を受けて、護郷隊として名護岳に行ったんだ。そこからぼくの所属する第二護郷隊は恩納《おんな》岳に移った。恩納岳で隊長から、君は兵隊に志願しなさいと言われた。そう言われた人は徴兵検査を受けさせられた。ぼくは合格した。そこで、南部の豊見城《とみしろ》に陣地を構えている部隊に行って入隊した。昭和二十年の三月一日だ。その日は空襲があって壕の中で入隊式をやった。入隊式をやったその晩、すぐに真和志《まわし》に移動した。それから寄宮《よせみや》に行ってタコツボに入った。タコツボには水が溜まっていてね。一晩中そこにいたら肺炎になった。それでヤンバルに帰されたんだ。ヤンバルまで歩いて帰った。もちろん一人だよ。嘉手納《かでな》で一泊して翌日ヤンバルに着いた。体調を崩して除隊になり、ヤンバルまで帰ることができなかったら現役兵として寄宮で戦死していただろうな。ぼくが配備された部隊は要塞砲を持っていたからね、米軍から確実に攻撃されたと思う。また隊長の勧めで現役兵に志願しないで護郷隊に残っていたら、やはり戦死していたはずだ。護郷隊はたくさんの人が死んだ」

「ぼくの父は防衛隊として一九四五年三月二日に召集された。そのころになると銃も支給されなかった。父は鍬を担いで召集されたんだ。戦死した場所は八重岳《やえだけ》だということは分かっている。だが遺骨は、今もって探せないんだ。このことが悔しくてしょうがない。毎年清明祭(シーミー)の時期には焼香に行っている。でもぼくも歳を取った。生きている間に遺骨を探したいけれど無理かもしれないな。父の戦友はすでに亡くなった。父の戦死した様子をもっと詳しく聞いておけばよかった。今ではこのことが悔やまれる」

「父は、ニューギニアで亡くなりました。私たちは七人姉弟で私が一番上です。私は戦前、佐賀に渡って軍需工場で働いていました。父の戦死の報が届いて、遺骨が広島の援護局に届いているからそれを受け取ってくださいという連絡がありました。それで大阪にいる伯母を頼って大阪に行き、それから広島に行きました。戦争が終わってすぐでしたから汽車は復員兵でいっぱいでした。私も窓から飛び乗りました。広島は原爆が落ちた後だったから、焼け野原で、建物もポツン、ポツンと建っていてね、ほとんど倒壊していました。どこが援護局なのかねえって、分からずにとても心細くしていました。どこに行くの、と背後から男の人に声を掛けられました。父の遺骨を求めて援護局に行くのよと言うと、案内してくれました。歩いて行きましたが本当に有難かった。援護局に着いて事情を話したら、沖縄の人の遺骨は長崎佐世保に送ったという。それでまた長崎まで引き返しました。私は十九歳でした。今考えると、一人でよくそういうことができたなあと思うけれど、父の遺骨を手に入れたい一心でした。私のことを父が見守ってくれていたんだと思います。長崎佐世保の援護局では、自分で探しなさいと言われて、暗い中、ろうそくを灯《とも》して父の遺骨を探しました。苦労して手に入れたと思ったのに、箱の中には小さな石の欠片が入っていただけでした。父は、私に手紙をくれたことがあります。鳥羽《とば》からでした。軍隊に徴兵されて、訓練を受けていたのだと思います。イクサ（戦争）に勝って帰るから、あんたも頑張れよって。お利口で頑張れよって（涙ぐむ）……。そういう内容の手紙でした。父は……、死にました」

「パラオの南洋庁の女子職員は、竹槍の訓練もしたよ。私は、防空壕堀りとタイプ打ちが仕事だったけれど、米軍が上陸したら一緒に死のうねって、みんな覚悟していたよ。上陸したら女は強姦されると教えられていたからね。沖縄だけでなく、サイパン、テニアンでも多くの人が犠牲になったんだよ。私は、沖縄に引き揚げて来てから結婚したんだけれど、戦後もいろいろあってねえ。おなかの赤ちゃんを亡くしたこともあるんだよ」

「私は、二十一歳の時に嫁いだんだが、結婚と同時に、夫は戦争にとられた。あとは、嫁ぎ先で、おじい、おばあと一緒に、戦争を迎えて山中をヒンギマワッタ（逃げ回った）。嫁ぎ先の家は旅館をやっていたが、戦争でみんな焼けた。夫は、埼玉に二年ぐらい、満州に三年ぐらい、あちこちの戦地を渡って、八年間も戦争に行っていた。新婚の私をハンナギテ（ほったらかして）よ。最後はフィリピンで終戦を迎えたんだ」

「父は大阪で兵隊に徴集されて、戦死したのはニューギニアです。父はニューギニアに配属されたけれど、一時、親戚に会うことが許されてパラオに渡ったことがあると親戚のおばさんから聞いたことがあります。パラオにいる親戚のみんなに会いに行ったんだって。みんなは豚をつぶして大歓迎してくれたって。その後、父は、またニューギニアに戻ったんだけれど、それっきりで、もう会うことができなかった。その時が最後だった。父の遺骨はどうなったんだか……、もう思い出せない。たしか、父の遺骨はなかったはず。父は、鉄工所に勤めるために大阪に行ったみたいよ。母と一緒になって大阪に渡ったんじゃないかな。父には可愛がられたよ。たんすの取っ手に紐をつけて、縄跳びをさせられたことを覚えている。父は八名兄弟姉妹、女四名、男四名だった。兄弟の中で戦争で亡くなったのは父だけ。おじさんたちは、みんな体格ががっちりしていたけれど、父だけはスリムだったって。大阪から村に帰って来たときには、ヌウガ、アンシチュライキガヤル、マーーヌターヤガ（あのカッコイイ男はどこのだれだ？）って、みんなが振り返るぐらいハンサムだったってよ（笑い）」

「前里の牛太郎さんは村でヤラレタ。歩哨線が張られていてね、それに引っ掛かって死んだんだよ。自分の船を見に行くといって山から下りてきて歩哨線に引っ掛かったんだ。実際、村にも爆弾が落ちたんだよ。四発の大きな爆弾が落ちた。大きな穴が空いたよ。家も燃えたんだ。飛行機が飛び去った後、みんなでバケツに水を汲んで消火に当たったが、全く役に立たなかった。学校もヤラレタ。メンパー（山の上）からよく見えた。みんなで消火に行ったんだが間に合わずに、目の前で燃え尽きて崩れ落ちたよ。四月を過ぎたころ、メンパーに登って海を見ると、古宇利島《こうりじま》の方から米軍の船が押し寄せて来るのが見えた。これは大変だと思った。家が焼けるのを見ていた人たちは本当に気の毒だった。じいっと眺めて立ち竦んでいた。村の家はほとんど焼けたよ……」

体験者の語る記憶は、どれもこれも私の脳髄を殴打した。私の想像力は、時には七十年前の戦場に飛び交い、時には戦後の貧しさに喘ぐ遺族の生活に留まって立ち竦んだ。

私は郷里に宿泊し、郷里に押し寄せる波の音を聞き、深夜に届く山の音を聞いた。聞き取りを続けながらも大きな不安や悲しみに揺さぶられた。この土地で確かに戦争があり、この土地で人々は斃《たお》れていったのだ。この土地に死者たちの無念さが刻まれているのだ。パラオで召集された私の父も、ジャングルの野戦病院で猿のように痩せ細って終戦を迎える。生きながらえた僥倖《ぎょうこう》を得て故郷に帰り、この地から戦後の一歩を刻んだのだ。

テレビでは、フランスのパリで発生した同時多発テロ事件を繰り返し報道し解説していた。二〇一五年、十一月十三日（日本時間十四日）にフランスのパリ市街と郊外のサンドニ地区の商業施設において、ＩＳＩＬの戦闘員と見られる複数のジハーディストのグループによる銃撃および爆発が同時多発的に発生し、死者一三〇名、負傷者三〇〇名以上を生んだ。

事件発生時、サンドニにあるスタジアム、スタッド・ド・フランスでは男子サッカーのフランス対ドイツ戦が行われていた。フランスのオランド大統領とドイツのシュタインマイアー外務大臣も観戦していた。現地時間二十一時ごろ、同スタジアムの入り口付近や近隣のファストフード店で爆弾とみられる爆発音が三回響き、実行犯とみられる四人の人物が自爆テロにより死亡、市民の一人が巻き込まれて死亡した。

その後、二十一時三十分ごろよりパリ十区と十一区の料理店やバーなど四か所の飲食店で発砲があり、多くの死者が出た。犯人らはコンサートが行われていたバタクラン劇場を襲撃し、劇場で観客に向けて銃を乱射した後、観客を人質として立てこもった。十四日未明にフランス国家警察の特殊部隊が突入し、犯行グループ三人のうち一人を射殺、二人が自爆により死亡したが、観客八十九人が死亡、多数の負傷者が出た……。

私は、テレビの画面を見ながら、当然のことなのだが生と死はどんな時代にもあるのだと思った。また生の価値はどんな時代にも変わらないと思った。見ることも聞くことも、そして真実を知ることも辛いのだ。

もちろん、沖縄戦については、私が聞き取りをしていた二〇一五年十一月十四日、日本のどのテレビ局でも報道はなかった。過ぎ去ったことなのだ。

3

私は当初の予定どおり、戦争体験者の聞き取りを続けた。辛さに耐え、事実を記録し、その先にある未来を考えなければならないと自らを鼓舞した。それゆえに故郷O《オー》村に滞在する日が多くなった。故郷で過ごしたのは小学校の二年生までだ。それほど多くの記憶はなかったが、やはりヤンバルのこの地が私の故郷だ。

幸いなことに村には『O《オー》村誌』が一九九一年に編集出版されていた。先輩たちの労苦によるものだが、そこに「O《オー》村の戦争犠牲者たち」の名簿が掲載されている。小さな村から九十二人の犠牲者が出ていた。その名簿を手掛かりに遺族を訪ねた。

また、村はずれの墓地の一角に戦争犠牲者を追悼する「北霊之塔《ほくれいのとう》」が建立されている。村人総出で建立したもので一九五八年四月に除幕式が行われている。小さな村の慰霊塔だが、小字単位で建立された慰霊塔は県内でも少なく、また最も早い時期の建立だと聞いている。

戦後七十年、私が訪ねる人々は、すべてが七十歳以上の高齢者だ。私には初対面でも、私の亡くなった父や母のことはよく知っており、その思い出も披露してくれた。私の知らなかった父や母や家族のことを知るのは新鮮だった。二人の姉や亡くなった兄も郷里で学んでいた。それゆえに、だれもが私を歓迎してくれた。私の願いを快く引き受けてくれた。

私は、聞き続けることに迷いはあったが、徐々にその意義をも見い出していた。聞き取った相手には、一冊の本にしたいという意向をはっきりと告げることができるようになった。

しかし、懸念がまったく消えたわけではなかった。聞き取ったあとの意義や効用は徐々に見えてきたが、聞き続けている時間の迷いは容易に払拭できなかった。払拭してもまた新しい迷いが生まれてきた。

例えば、戦争体験者たちの記憶の信憑性である。同じ時間や場所にいて同じ体験をしているはずなのに、彼らは、それぞれが別の事実を見たかのように語ることがあった。その場所にいた人々の服装とか行動とか、刻まれた記憶が明らかに違うこともあった。

記憶は歳月と共に増殖を続けるのかもしれない。あるいは修正されるのかもしれない。消去もされ、変質もするのだろう。それが記憶の特質だと思われる。それゆえに、そのような記憶をどう扱うべきか。新たな疑念と悩みが立ち上がってきた。

たぶん、正しい記憶などないのだろう。あるとすれば、どれもが正しいのだ。自分自身を振り返ってみても還暦を過ぎた今、過去の記憶は十分にあやふやで危なっかしい。

私自身のそんな疑問や判断のいくつかは留保にしたまま、私は聞き続けた。私はＩＣレコーダーのスイッチを入れた。

「私は戦争当時は山口県宇部の紡績工場で働いていました。宇部でも空襲が何度もありました。その度に、肌着や芭蕉布の着物を持って防空壕に逃げました。芭蕉布の着物は自分で作ったものでした。とても大事にしていたんです。戦後、郷里に引き上げて来ましたが、沖縄玉砕と聞いていたので、どうなっているか心配でした。親は生き延びていました。でも、私のイイナズケ（婚約者）は、戦争に行って戻って来ませんでした。遠く南洋で戦死していました」

「キンナーの山に逃げているときにね。数人のアメリカ兵が避難小屋の近くまでやって来たことがあったんだ。ぼくは弟のトシツグを抱いて逃げたんだ。トシツグはまだ赤ちゃんだった。アメリカ兵とぼくらの間には小川があってね。もう逃げられないと思ってね、ぼくはトシツグを抱いてじいっとうずくまっていたんだ。アメリカ兵はぼくらに気づかずにね。下の方の川ばかり眺めているわけだよ。目の前でね、表情も見えるんだよ。そして、下の川の方に降りて行った。ああ、これはもうダメだ、こっちに登って来るなあと思って逃げようとしたけれども身体が動かない。じっと我慢して、トシツグに泣くなよと抱きながら祈っていたんだ。するとアメリカ兵はこちら側に渡って来るんじゃなくて、またあちらの側に姿を現して、最後まで顔を上げずに、ぼくとトシツグに気づかずに去って行ったわけよ。はあ、もう生きた心地がしなかったなあ」

「私は、一家全滅した照屋林起《りんき》の一門だよ。林起の家族はね、台中丸という船に乗って沖縄に帰って来る途中、奄美大島の沖で米軍潜水艦の魚雷攻撃を受けて沈没したんだよ。林起は沖縄県庁に勤めるということで大阪から帰る途中だったんだ。林起は役所の偉い人だから、村では歓迎の幟《のぼり》も準備していたよ。林起のおっかあはね、林起が戦死したのを聞いて、毎日浜に出て、林起、林起、って海に向かって声をあげて泣いていたよ。子どもや孫を併せて七名を一気に失ったんだからね。暮ラサランヨヤ（悲しくて暮らすことができなかったはずだよね）。夕方になると海に行ってね、胸まで海水に浸かってね、林起、林起って、声を上げて泣いていた。ティーラ（照屋）の節ちゃんが、いつも海から引っ張りあげていたよ」

「農林生でね、鉄血勤皇隊に参加できなかった者はたくさんいるよ。私もその一人だ。少し後ろめたい思いをしている。というのはね、戦争が激しくなってきてね、農林生で鉄血勤皇隊を結成するということになってね。いったん、みんな家に帰されたんだ。家族と別れを言うためにね。それで、私もいったん家に帰った。一週間後の三月二十四日に学校に集合という命令だったんだ。当日、私はゲートルを巻いて出ようとしたんだが、ちょうどその日に空襲があってね、学校に戻ることはできなかった。鉄血勤皇隊には参加できなかったんだ。死んだ同級生に申し訳なくてね……。私と同じ思いをしている人はたくさんいるよ。考えてみると、このことは敵前逃亡に当たるよ。戦後は生き延びた者同士で、我々は敵前逃亡罪にならなくてよかったなあと、話したもんだよ」

「村からも本土の軍需工場で働きに行く人がたくさんいたよ。長崎の造船所にも行った人がいるんだよ。あの八月九日の原爆の日に船底で仕事をしていてね、大きな音がしたので甲板に上がったら、死体がいっぱい転がっていたということだよ。長崎造船所に行ったのは山端屋の三郎ニイさんたちだ。戦後、間もなく病気で亡くなったんだが、そのときに放射能を浴びたんじゃないかねって思うよ」

「私は昭和十八年の十二月にテニアンにある南洋興発会社附属の専習学校を出てパラオに転勤になったんだ。南洋興発ではね、専習学校で学ばせて会社の幹部を作ろうとしたんだ。専習学校を出たので私の待遇は一段とよくなったよ。しかしね、昭和十八年ごろのテニアンはね、もう戦争が間近に迫っていた。パラオに行けということは潜水艦に撃沈されるかもしれない。死ねということかと思ったよ。ところがね、会社の係の人はね、こう言うんだ。金城君、あんたは幸運なんだよ。もう戦争は近くまで来ている。テニアン、サイパンは確実に攻撃される。パラオに行けばあんたは生き延びられるかもしれない。私たちはこの島で玉砕だよ、とね。こう言うんだよ。そうかと思って、考え直して行くことにしたんだ。会社の船でね、木造船だったがテニアンを出発した。向かったところはロタ島だ。ロタ島経由でパラオに渡った。ロタも豊かな所だった。米もできる。水も出る。食べ物も豊富。十二月二十八日にロタに着いて、先輩たちと正月をロタで楽しく過ごした。明けて一月二日、ロタを出た。夜は寝ずに船で交互に敵船を監視した。やっとヤップに着いた。一月の十日だ。親父も迎えに来ていた。会社は公学校のすぐ近くにあったんだ。私は陸送部隊で働いた。最初のころは車の配車係をした。陸送部隊の仕事はね。荷物を仕分けて各地に送る仕事だった。金城正太郎さんは南洋興発の寿丸という船を持っていてね。船長だった。軍需物資をペリリュー島に運ぶ途中、米軍の空襲で戦死した。こんなこと、話をせんとだれも分からんからな。それからアイライの飛行場の建設で多くの沖縄の人たちも徴用された。私も行った。南洋庁からも職員が来ていた。山を削ってね、飛行場を造ったんだ。三月二十九日の朝、仕事を始めようとした時にね、東から飛行機が飛んで来たんだ。敵の空襲だった。びっくりしたね。みんな逃げ回ったよ。そのとき、だいぶの人がヤラレタ。兵隊も民間人もみんなだ。二日後の三十一日ごろだったかな、もう空襲はないだろうということでね、夕方になって遺体を片付け始めたんだが、もうウジムシが湧いていた。三日間か四日間、片付けは続いた。その時に山城正喜さんがヤラレタんだ。怖かったよ……」

私はＩＣレコーダーを何度も聞き直して、村人の証言を書き起こした。書き起こす度に、戦争の実像が具体的に浮かび上がってきた。そしてその度に忸怩《じくじ》たる思いを禁じえなかった。戦争のことについて、本当に何も知らなかったのだ。戦後生まれとはいえ、還暦を過ぎた私たちの世代は、戦争について考える機会も多かった。それなのに、死者たちは私たちに透明人間のままで記憶されていたのだ。

ヤンバルの故郷には私の幼なじみは少なかった。多くは故郷を離れ、那覇近郊に職を得て移り住んでいた。もちろん数名の幼なじみは残っていた。私と同じように定年を迎え、のんびりと郷里での時間を過ごしていた。

そんな幼なじみの一人に金城洋一《よういち》君がいる。金城君は、故郷を離れることなく、村役場に職を得て仕事を続け定年で退職していた。子どもたちはみんな親元を離れて自立していて、今は奥さんと二人だけで暮らしていた。のんびりと好きな釣りを楽しんでいた。

私は、金城君から釣りの手ほどきを受けた。私がお願いしたのだ。金城君は、釣り針の結び方、餌のつけ方、釣りのポイントや潮流などについて詳しく説明してくれた。また潮の流れや干満を読み取って一緒に釣りに行こうと誘いにも来てくれた。金城君の住居が、私が借り受けた叔父の住居から近いこともあり、すぐに旧交を温めた。

金城君は口数が少なかったが、私が郷里に戻って来たことを歓迎していることは、すぐに分かった。一人住まいの私に、釣り上げた魚を持って来たり、ビールを手に下げてやって来たりした。長いこと疎遠にしている友人たちの消息を肴にして、蚊取り線香を焚いて自然な風を呼び込みながら二人でビールを飲んだ。幼いころに過ごした郷里での歳月を披露し合っては互いに懐かしんだ。

そんな金城君が、戦争体験者ではないが遺族の一人で、父親の手記を持っている人がいる、私の役に立ちたいと申し出ている、と教えてくれた。二人並んで磯釣りを楽しみ、私の竿先に「アタリ」が来た時だった。

金城君の指示に従って、魚をバラサない（逃がさない）ように、魚の動きに合わせてリールを巻いた。手元までうまく引き寄せることができた。ガーラ（魚）の巨体が砂浜で鋭く撥ねた。三十センチほどある大物だ。私は初めての釣果に興奮した。

金城君はそんな私を笑顔で眺めながら話し続けた。

「敏子《としこ》、與那城《よなしろ》敏子というのがその女の人の名前だ。二年ほど前に、中学校の教員を退職して村に戻って来た」

私たちより三歳ほど年下になるというが、私には心当たりはなかった。

「敏子のお父さんは村役場に勤めていた。俺の先輩だったが、だいぶ前に亡くなった。奥さんのセツさんが一人で頑張っていたんだが、セツさんも十年ほど前に亡くなった。それで敏子が空き家になっている家を改築して移り住んだというわけだ。敏子はずーっと那覇のほうで中学校の音楽の先生をやっていた」

「そうか……、知らないな」

「そうだろうなあ、お前が村にいたのは小学校の二年生までだったからなあ」

「お父さんの名前は？」

「與那城恵助《けいすけ》」

「うん、やはり知らない」

「うん、そうだろう。で、その恵助さんの手記に、戦争のことがいろいろと書いてあるらしいんだ。どうだ、敏子さんに会ってみるか？」

「うん、会ってみたい。是非、紹介してくれ」

「分かった、伝えておく」

そんなふうに、話は簡単にまとまった。

私は、足元に転がっている初めての釣果を再び見つめた。得意な気分は長く続いた。しかし、家に持ち帰っても自慢をする相手がいなかった。それに気づくと苦笑がこぼれた。気を鎮めて、釣り針に餌をつけた。竿先を撓《しな》らせて、再び前方の海面を見つめて放り投げた。ポチャンという音がして、波紋が大きく広がったように思われた。

4

ヤンバルの朝は、ひんやりとして肌寒い。それでいて、身が引き締まる爽快さを覚える。浜風が村を撫でて朝を告げる。朝の風は海からやって来る。村の間道を通り抜け、隅々まで洗い清めた後に一日が始まる。

私は聞き書き集のタイトルを何にしようかと思案していた。徐々にではあるが一冊の本にできるほどの証言が集まりつつあった。郷里に住んでいる先輩たちだけでなく、郷里を出て那覇近郊に在住している先輩たちの何人かをリストアップして聞き取る必要があるように思った。このことを金城君に相談しようと思った。本のタイトルは、その数人の聞き取りを終了した後で、最終的には決めればよいと判断を留保した。

私の脳裏を駆け巡っているタイトルのいくつかは、「奪われた物語」「還らぬ日々」「土地の記憶」「彼岸からの声」「終わらぬ戦後」等々である。遺族の証言はどれも重かった。想像以上だった。戦後生まれの私は、戦争の体験談を聞きながら、死者たちの実像が私の目前に立ち上がってくるのを感じた。観念的な理解ではなく、肉体を持って死者たちが私の目前に立ち現れたのだ。

私は、戦争を理解していなかったのだと痛切に反省した。戦後は決して戦後ではない。新たな悲劇を生み出す日々でもあったのだ。遺族の語る証言は戦後の生活をも包含していた。それだけに表紙に刻むどのタイトルも真実を伝えきれないのではないかという不安があった。文字や言葉に、証言者の肉体や生活を込めなければならない。困難なことではあるが安易に妥協してはいけない。考え続けなければいけないと自らを叱咤した。

私は、金城君に教わった敏子さんの家を訪問した。敏子さんは歓迎してくれた。

私は、玄関先であいさつをした後、しばらく庭の草花に見とれていた。手入れが行き届いていて、大小の花が咲いていた。その中でも一際鮮やかにツツジの赤い花が咲き誇っていた。満開のツツジの鮮やかさに目を奪われた。花は幾重にも重なって緑の枝葉を覆い隠している。よく見ると、どれもが五弁の花びらだ。そしてどれもが形、色を同じくして咲いている。不思議な感慨を覚えた。

「素晴らしいツツジですね」

「ええ、亡くなった母が植えたものです。母は大切に育てていましたから……、私も気をかけて水遣りをしています」

敏子さんはそう言いながら、笑みを浮かべた。

「お隣の東村では、ツツジ祭りをやっていますよ。およそ五万本のツツジが色鮮やかに咲き誇っているそうです。赤もピンクも白もあって、一度は行ったんですが……」

「そうですか……。でも一本でも負けませんね」

「そうですね、私もそう思います。有り難うございます」

敏子さんは、笑みを浮かべて私に部屋に上がることを勧めた。私は招かれるままに靴を脱いで、手土産に持ってきた小さな菓子箱を渡した。改めて自己紹介をし訪問した意図を告げた。

「ええ、知っています。金城さんから伺っていました。役に立てるかどうか分かりませんが、まずはご覧になってください」

敏子さんは立ち上がって隣の部屋に行くと、すぐに戻って来て、二冊の大学ノートをテーブルに置いた。数頁を捲って驚いた。貴重な戦争の証言だと、すぐに分かった。

ノートの表紙には二冊とも何も書いていなかった。しかし、表紙を捲ると最初の頁に「想い出ー久子《ひさこ》へ」という文字が記されていた。もう一冊には「鎮魂歌―久子へ」と。

「久子さんというのは……」

「いえ、私の母ではありません。父の先妻の名前です。私は会ったこともありません」

「ええっ?」

「私の母は、後妻として父に嫁いだのです」

「そうですか……」

「父の名前は與那城恵助と言います。先妻の名前が久子です。父と久子さんとの間には三人の子どもが生まれました。一人は戦争中に亡くなったようです。一人は数年前にご病気で亡くなりました。娘さんがお元気で、ご高齢ですが浦添に住んでいます。後妻に入った私の母の名前はセツといいます。父は私の母セツとの間に二人の子どもができました。私と弟です。弟は県外で仕事に就き所帯を持っています」

「そうですか……」

私は敏子さんの言葉にうなずいた。しかし、まだ事情がよく飲み込めない。敏子さんが生まれる前に書かれた手記なのだろうか。

「私が生まれた後に、書かれたものですよ。父は、先妻の久子さんが亡くなってから私の母を後妻に貰いました。久子さんとの間にできた子どもも小さかったので、女手が必要だったようです。この手記は久子さんを亡くしてから三十三年目に書かれたものです」

敏子さんはそう言って笑みを浮かべ、仏壇に飾った恵助さんの遺影に目をやった。両脇には久子さんとセツさんの遺影がある。

「右が久子さんで、左が私の母セツです」

「コーヒーでも淹れましょうね。どうぞ、ノートをご覧になっていてください」

敏子さんは、そう言って立ち上がり台所へ向かった。

ノートを引き寄せて再び捲ってみる。ノートは、やはり恵助さんの手記の形式で書かれていた。一九七八年の奥付があるので、戦争が終わって三十三年目になる。久子さんの三十三年忌の年に書かれたのだろう。手記はこのことと関係があるのだろうか。二冊のノートのどちらが先に書かれたものなのか、その手がかりを掴もうと頁を捲った。

「たぶん、想い出―久子へ、が先に書かれたものだと思います。鎮魂歌―久子へ、と書かれた手記の後半に、私の母セツが出てきます。ですから、時間的にみて想い出が先です。でも、一冊目には収まらなくて二冊目を書いたようなので、時間的には連続しています。読み進めるとすぐに分かりますよ」

私の疑問を見透かしたかのように、敏子さんはコーヒーカップを私の前に置きながら答えてくれた。手作りのクッキーを焼いてくれたようでコーヒーと一緒に勧めてくれた。思わず美味しいとうなるほどだった。砂糖もミルクも一匙ずつ入れた。

敏子さんは、目の前の二つのノートに関する私の素朴な質問に笑顔で答え続けた。

「父が亡くなったのは一九九〇年です。今から二十年余も前です。七十五歳でした。父は戦後、村役場職員として働き、村役場職員として定年退職しました」

「私の母セツが後妻として父に嫁いだのは戦後すぐです。その母も今から十年ほど前の二〇〇五年に亡くなりました。先妻の久子さんが亡くなったのは終戦の年、一九四五年のようです」

「私は、二年ほど前に、学校を定年退職して父母の郷里であるこのヤンバルに移り住むことを決意しました。父を失くしてから、母は一人でこの家に住んでいたのですが、母の死後、この家は十年間近くだれも住んでいませんでしたから少し傷んでいました。改築のために母の遺品を整理しているときに、この手記を見つけたのです。この手記があることはまったく知りませんでした。風呂敷に包まれて箪笥《たんす》の奥にしまわれていました。読んで私も驚きました」

「そうですか……」

「戦争のことも書かれているので、ひょっとして村の戦争体験者の聞き取りをしているというあなたの……」

「大城です」

「ええ、大城さんのお役にも立てるのではないかと思って、金城さんに話をしてみたのです」

「いえ、ひょっとしてどころか、大いに役に立ちます。大変貴重な資料です。是非、読んでみたい」

私は少し、戸惑いながら言い継いだ。やはり興奮していたのかもしれない。

「ぱらぱらと捲ったただけですが、お父さんの恵助さんは、戦争のことを書いただけでなく、家族の皆さんにも、とても深い愛情を注いでいらっしゃったように思いますが……」

「ええ、父は幸せだった、と思いますよ」

敏子さんは、少し言いよどんだが、仏壇の遺影を見上げて微笑んだ。私は思い切って言い継いだ。

「是非ゆっくり読ませてください。貸していただけませんか」

「ええ、そのつもりでいましたから、どうぞ」

敏子さんは、私の申し出に笑顔でうなずいた。そしてクッキーを再び勧めてくれた。「そのつもりでいましたから」、という言葉は嬉しかった。

私は手記を借り受ける約束ができたのでほっとした。再び、クッキーを口に入れた。和菓子をお土産に持って来たけれど、別な物にすればよかったかなと少し後悔した。コーヒーカップも暖かい色合いでたぶん読谷辺りで造られた陶器のようで味わい深かった。クッキーを食べながら陶器についても問いかけた。敏子さんは笑顔で答えてくれた。

「このコーヒーカップは、ヤンバルの山に住んでいる陶工の玉城さんという方が焼いたものです。私は気に入ってすぐに買いました」

「この山に陶工が住んでいるのですか?」

「ええ、そうなんですよ。四、五年ほど前に、那覇の壷屋から独立して、ご夫妻でこの山に登り窯を持っているのです。お二人とも四十代の若い陶芸家ですが、私はすぐに仲良しになりました」

「そうですか……」

「一度案内しましょうか」

「ええ、是非、お願いします」

私は、久しぶりに穏やかな気持ちで、敏子さんに相対していた。私も敏子さんも戦後生まれだ。玉城さんご夫妻は四十代であれば、復帰後の生まれかもしれない。互いに戦争を知らない世代だ。なんだか会うことが楽しみになってきた。

私はたとえ聞き取りとはいえ、過去の戦争の時代に押しつぶされそうになっていた。これまでの聞き取りで有していた緊張感を忘れて、コーヒーのお代わりをもらった。

敏子さんが中学校の音楽教師だったことを理由にして、私も少しばかり興味があるクラシック音楽の話を聞かせてもらった。聞き覚えのある作曲家や指揮者のことを思い出しながら敏子さんにいくつかのことを尋ねた。敏子さんはすべてのことにてきぱきと答えてくれた。私の少ない音楽体験から、マーラーの「交響曲第一番巨人」や、ラフマニノフの「ピアノ協奏曲第二番」が好きだと言うと、敏子さんもそうだと相槌を打ってくれた。そして、すぐにその曲のCDを取り出してステレオのスイッチを入れた。懐かしかった。敏子さんの家を辞した帰路には、久々に聴いた「巨人」の旋律を思わず口ずさんでいた。

私は、その日、仮住まいの家に戻ると、すぐにでも手記を読み始めたかった。が、逸る気持ちを抑えて夕食の準備をした。火照った思いを鎮めるためもあって、少し遠出をして辺土名《へんとな》のスーパーまで自家用車を運転して食材を買いに出かけた。店内の野菜コーナーにはゴーヤー（苦瓜）が並べられていたのでそれを買った。収穫の季節にはまだ早いのではと思ったが、いまではヤンバルでもビニールハウスの中で、商売用のゴーヤーが作られるようになっているのかもしれない。そんなふうに一人で合点をした。

戻ってきて、ご飯を炊き、ゴーヤーを刻み、ポークや豆腐を入れて、フライパンで炒めてゴーヤーチャンプルーを作った。味噌汁を作り、いつものように一人で食べた。食器を片付け、茶を淹れた。手記を読み始める前の儀式のように準備を整えてノートに向かった。

恵助さんの手記からは、戦争への怒りと同時に、二人の妻、久子さんとセツさんへの思いが溢れていた。私は熱い思いが体内を巡り涙がこぼれそうになるのを押しとどめて読み続けた。第一の手記「想い出―久子へ」は、久子さんへの呼びかけから始まっていた。

5

久子よ。お前を失ってから三十三年になる。あの残酷な戦争が終わってから三十三年が過ぎたのだよ。今年は一九七八年、まさか私はこの年まで生きられるとは思っていなかった。また生きてはいけないと思っていた。私が生きていることが、私自身には信じられないことだ。

だが、私はお前の三十三年忌の供養をするまでは、なんとしても生きねばならないとも思っていた。矛盾した感慨だが、三十三年忌はオワリスーコー（最後の法要）だ。お前をあの世に送り出すまでは生き続けたいと思った。このことが、私が戦後を生き続ける理由にもなった。折れそうになる生きる意欲を支えてくれたような気がする。お前の三十三年忌の法要が終われば、もう私には思い残すことは何もない。

戦後三十三年、今年はあの戦争で亡くなったたくさんの人々の霊を慰める三十三年忌だ。沖縄中のあらゆる土地で香が焚かれるだろう。香の溢れる島となり悲しみが再び蘇ってくるはずだ。同時に鎮魂の年になるはずだ。彼岸と此岸を結んでいた霊を彼岸へ解き放つ。平和を願う一年にもなるはずだ。沖縄戦での戦死者は二十四万人余になるという。

久子よ。実は私にとっても、お前を供養する最後の年であると同時に、お前と決別する年でもあるのだ。お前との間に授かった二人の子どもを育てるために、私は戦後すぐに後妻を貰った。お前も知っているだろうが、セツという女性だ。セツは、実によく子どもたちの面倒をみてくれた。もちろん、私にも誠実に尽くしてくれた。

セツは私たちと同じＯ《オー》村の出身だ。戦前に家族と一緒にパラオに渡ってそこで結婚した。しかし、すぐに戦争に巻き込まれ、新婚の夫はテニアンの飛行場整備に駆り出されて敵機の機銃掃射を受けて戦死した。

また、セツの父親は漁師であったが、現地で召兵されてペリリュー島の戦いで戦死した。爆弾を抱いて島を取り巻く環礁に泳いで渡り、上陸してくる舟艇に爆弾を投下する。人間魚雷ともいうべき無謀な作戦の犠牲者だ。唯一の兄も漁船に乗って軍属として食料を調達していたが、戦闘機からの銃撃を受けて戦死した。遺された母とセツの二人はジャングルに逃げ込んだものの、空爆を受けて母が戦死、セツのみが生きて故郷沖縄へ引き揚げることができたのだ。

セツは当初、私たちの間にできた二人の子どもの世話をすることを頑固に断った。郷里に戻って来たのは、嫁ぎ先の実家で舅姑の世話をするつもりであったし、子どもを育てた経験がないというのが主な理由であった。しかし、舅姑の熱心な勧めもあり決意をしてくれた。母親を亡くした二人の幼い子どもを不憫に思ったのかもしれない。私の元へ意を決してやって来てくれた。

戦争では、生きることも死ぬことも運命のような気がする。セツとの出会いも運命のように思われた。戦争とは本当に不思議なものだ。私とお前を引き裂き、私とセツを結びつけてくれたのだから。

この三十三年間、セツは本当によくやってくれた。お前との間にできた二人の子どもの信子と恵一をとても大切に育ててくれた。二人とも今では結婚をして新しい家族をつくってくれた。お前は安心していい。セツとの間にも二人の子どもを授かった。娘の敏子と、息子の和行だ。二人とも明るく元気に育っている。

この手記を書くことを思いついたのは、今年が三十三年忌だからというだけではない。お前と決別しなければならないと思ったからだ。私は、お前を愛している。同じようにセツをも愛している。愛さなければならない。セツの愛情に応えてやらなければならない。そのためにはお前と別れなければならない。四六時中私の脳裏に蘇ってくるお前を失う必要がある。お前との記憶を封印しなければ、セツにすまない気がするのだ。

私もお前も、そしてセツも戦争に翻弄された人生を送らざるを得なかった。しかし、前を向いて進むしかないのだ。お前には、是非分かって欲しい。

この手記は、やはり私たちを苦しめた戦争のことから書き始めなければならないだろう。お前との記憶を集める作業は、辛いけれどもお前を忘れるための作業になる。寂しいことだが、この手記を書き終えるときには穏やかな気分でいられることを信じたい。

私たちの住む沖縄本島北部、ヤンバルのO村《オー》まで戦争が押し寄せてきたのは、昭和十九年の十・十空襲で爆弾を投下されたことに始まる。それからは、あっという間に、すべてが戦争という二文字に覆い尽くされてしまった。日々の生活だけでない。家族や個々の夢を紡ぐ未来の物語は一気に中断されて摘み取られてしまったのだ。

私が「防衛隊」に召集されたのはその翌年、昭和二十年三月三日だった。この日、ヤンバルの各地から集められた防衛隊員はおよそ二八〇人、村役場前の忠魂碑の前に整列した。隊員はほとんどが軍隊経験のない者たちだった。即戦力になる在郷軍人や青年学校の生徒たちは、すでに召集されていた。

私とお前は当時教職に就いていたが、私の勤める学校の男子教員も、そのとき全員が防衛隊員として召集された。またお前が勤めていた隣村の学校の男子教員も全員が召集されたはずだ。このため、この日をもって村内の学校はすべて閉鎖された。

「防衛隊」の召集は陸軍防衛召集規則に基づいたものだった。当初日本の徴兵年齢は二十歳から四十歳までであった。しかし沖縄においては特別で、沖縄戦の迫る緊迫した状況を鑑み、召集年齢を拡大した。満十七歳以上満四十五歳までの男子が対象になった。また召集が猶予されていた私たち教員にも拡大されたのである。

ヤンバルにおいては、さらに年齢を引き下げた。十四歳以上の少年たちを召集し「護郷隊」と称する遊撃隊を組織したのだ。陸軍中野学校出身の兵士たちが少年たちをゲリラ兵士にするために鍛え上げたのだ。ここからも多くの犠牲者が出た。召集年齢は、郷土を守る志願兵という名目でどんどん拡大されていった。それこそ本土防衛や沖縄決戦のための根こそぎ動員であった。

当初防衛隊は後方の補助活動を担当し、陣地構築や弾薬運搬などが主たる任務だと言われていた。それゆえに武器は与えられず、地元民は「棒兵隊」とか「苦力部隊」と呼んでいた。しかし、戦場では様相が違った。補助部隊とはいえ砲爆撃の下で実戦部隊と行動を共にするからである。決死の覚悟は正規兵と異なるところはなかった。実際、訓練もないまま銃を持って第一線に立たされたのである。沖縄県内各地から召集された防衛隊員は約二万二千人。そのうち、およそ六割が戦死したと言われている。

防衛隊員には、私たち教員だけでなく、当然一般家庭からも一家の大黒柱がいきなり引き抜かれた。残された家族の悲嘆は想像に難くない。だれもが苦しい家族との別れを強いられたのだ。

もちろん私たちにも別れがやってきた。お前は子どもを生んだばかりだった。六歳の信子と三歳の恵一を抱え、さらに恵太と名付けた乳呑児を抱えての山中での避難生活を強いられることになる。このことを想像すると気が滅入った。

米軍の沖縄本島上陸は、たぶん確実なものになるだろう。このことは私たちにも分かっていた。それだけに、戦地に派遣される私たち防衛隊員は、自らの死をも覚悟した。しかし、お前や子どもたちには生き抜いて欲しかった。またこのためにこそ、私たち防衛隊員は戦地へ向かう決意を固めたのだ。

村人の何人かは、迫り来る戦争に備えるために、奥深い山中に分け入り身を隠すための壕を掘っていた。茅葺の小屋を造り終えている者もいた。しかし、私は躊躇していた。教師としての多忙さもあったが、まだ健康さえ回復しない恵太を生んだばかりの産後のお前が、裏山を越えて更に奥深い山中に避難して生活することは困難だと思った。家の近くに避難壕が造れないかと思案した。思案し躊躇している最中に、私に防衛隊への召集令状が届いたのだ。

それでも老いた両親とお前は、なんとかなると乳呑児を抱きながら私を励まし送り出してくれた。信子と恵一は、私にまとわりつき、「お父さん、早く帰って来てよ」と無邪気に懇願した。二人の子どもの頭を撫で、お前の腕に抱かれている恵太を見ながら、私は必死で涙を堪えた。私は死ぬかもしれない。これが最後の別れになるかもしれない。あるいはこの子たちは死ぬかもしれない。お前や両親の死をも想像した。しかし、そんな思いを気づかれてはならなかった。私はお前や子どもたちを前に、「すぐに帰って来るからね」と、笑って出立の言葉を述べたのだ。

私は男だけの四人兄弟の三番目だった。還暦を過ぎた父親の恵蔵と母親のウトは私たちと同じ屋根の下で暮らしていた。長兄の恵太郎は村の漁師の多くがそうであったようにパラオに渡って漁業に従事していた。裕福な生活を夢見ての出発だった。恵太郎は、生活の目途がついたら両親を呼び寄せるつもりであったが、それよりも先に戦争がやって来た。次兄の恵次郎は海軍に入隊、家族皆で佐世保で暮らしていたが、一九四四年の暮れに、フィリピン沖で戦死したとの報が父の元に届いていた。私の唯一の弟恵信は、長兄の誘いに南洋に渡り、現地の子どもたちを相手に国民学校の教師をしていた。まだ結婚はしていなかった。たぶん長兄も弟も現地で戦争に巻き込まれるだろう。それぞれの武運を祈り、無事を祈るしかなかった。

本島北部の各地から集められた私たち防衛隊員は名護の国民学校に集結した。そこで三日間、軍隊の規律や上官の訓示を受けた。訓示を受けたが、兵士としての訓練は受けなかった。軍隊の規律を教えられ軍服は支給されたが銃は支給されなかった。このことは噂のとおりだったが、私たちは不平を言わず、小隊を結成して指定されたそれぞれの戦地へ向かったのだ。

私が配属された部隊は金武湾の海岸線に基地を置く海軍第二二震洋隊《しんようたい》であった。震洋隊は海軍の海上特攻隊である。特攻艇「震洋」は長さ五・一メートルのベニヤ製のボートに爆弾を装置して敵艦に体当たりする自爆兵器である。ふだんは海岸近くの壕に艇を隠しておくが機を見て奇襲攻撃に出撃するのである。私たちの他に第四二震洋隊も近くに潜んでいた。防衛隊の任務はこの「震洋」を隠す壕の構築作業と出撃時の補助作業が主たるものだった。

三月の半ばになると空襲が頻繁になった。警報下でも作業は続行し、敵機が迫って来る度に壕の中に駆け込んだ。途中からは宿舎も壕内に移された。重労働と壕内の湿気に悩まされて病人が出て病死者も出た。そしていよいよ三月二十三日から空襲は本格化し、沖縄戦の幕が切って落とされた。私は故郷に残してきたお前や子どもたちのこと、老いた両親のことが心配で夜も眠れなかった。

金武湾沖にも敵艦隊が姿を現した。三月二十九日夜、震洋隊は第一回の出撃を決行した。私たちは壕から艇を運びだし、出撃を見送った。特攻隊員はいずれも二十歳前後の志願兵たちである。その後、四月一日、三日と出撃していった。しかし、いずれも見るべき戦果はなかった。

四月一日、米軍は金武湾と反対側の中部西海岸の北谷《ちゃたん》や読谷《よみたん》海岸から上陸した。三日には東海岸の石川に達し、震洋隊の基地の近くまで迫って来た。もはや特攻出撃の機会も失し、部隊は残艇を処分して陸戦に移行することになった。この機会に、北部三村から結成された防衛隊の幹部は震洋隊に対して、ただちに任務を解除して隊員全員を帰村させ陸戦に対処させて欲しいと申し入れた。私たちO《オー》村からの防衛隊員は国頭支隊の配下にあって村内の沿岸防備にあたる任務があった。本来の任務に復するために帰村させよ、というのが申し入れの大きな理由だった。震洋隊はこれを認め、帰村を許した。私たちはこの僥倖を小躍りして喜んだ。生きる機会が増えたと思った。たとえ死んでも家族と運命を共にできるという嬉しさだった。

四月四日、激しい砲爆撃の下、私たち第二小隊は解散し敵の目を避けるために少数の分隊に分散してそれぞれの故郷へ向かって移動を開始した。しかし、第一小隊は解散することもなく、急遽、小禄の海軍本部に向かわされた。周知の通り、大田海軍少将指揮下の海軍本部は激烈な戦闘の後、六月十三日に全滅している。第一小隊はこの戦いに合流し、四十五名中、約三十名が同地で戦死した。私の生死を分ける大きな岐路の一つだ。

私たちの分隊は六名で行動を共にした。金武湾から喜瀬武原《きせんばる》の山を越えて名護岳を経由して郷里に向かう山中の道を選んだ。道と言っても大木が生い繁ったジャングルのような山中を、木立を掻き分けて進むのである。進むのに多くの日数を費やすことが予想されたがやむを得なかった。海岸線はあまりにも危険だった。上陸した米兵の姿を何度も目撃したのである。

名護岳に到着したころ、私たちはあまりの空腹に、食料を求めて眼下に見える村を目指して山を下りた。ところがその途中で米兵と遭遇した。遭遇したというよりも、私たちの方が先に米兵を発見したのだ。私たちは慌てて草叢や樹の陰に身を隠して目を凝らした。

米兵は三人、一人は立ったままで銃を構えていた。その兵士の銃口の先には一人の村の男がいた。もう一人の兵士はその男を背後から羽交い絞めにしていた。そして、三人めの兵士は、その男の妻と思われる女性の身体に圧し掛かっていたのである。

私たちは、恐怖と怒りにおののいた。羽交い絞めにされた夫の目の前で愛する妻が強姦されているのだ。異様な悲鳴が聞こえた。夫の悲鳴か妻の悲鳴かは分からなかった。叫び声や泣き声は私たちの耳まで届いた。さらに私たちは凍りついた。数発の銃声が響き渡り、村の男と女はコトが済むと殺されたのだ。前のめりに倒れる夫の姿が目に焼き付いた。

私たちは、転げるようにしてその場を立ち去った。私たちは後ろを振り返らなかった。前を向いて必死に逃げた。逃げることが正しくないことは分かっていた。何が正しい行為かも分かっていた。しかし正しい行為を取れば殺されるのだ。戦場とはいえ、兵士でない夫の前で妻が強姦される。そして、欲望が満たされれば二人とも虫けらのように殺される。そんな不条理が許される。それが戦場だった。私たちは、だれもが沈黙した。泣き声を堪えてただひたすらに樹々を掻き分けて進み続けた。

故郷の山には、一週間ほどかかって到着した。私たちはそれぞれの出身地である小字を見下ろす山に着くと、涙を拭い手を振って別れた。O《オー》村出身は私一人だけだった。私はお前と両親、そして子どもたちと、すぐに山中で再会した。私は心底から生きて会えた奇跡を喜んだ。

しかし、お前は泣いて私に詫びた。最初は、なぜ詫びるのか、その理由が分からなかった。私は、生きて会えたことにお前が興奮して取り乱しているのだと勘違いした。よくよく聞くと、生まれたばかりの恵太を死なせてしまい、山中に穴を掘って埋めたばかりだというのだった。私は愕然とした。が、戦争はまだ終わっていなかった。まだ続いていた。生き残ったもので生き続けなければならなかった。

私はお前の涙を払い、これからは私が家族を守る。二人で残された子どもと老いた両親を支えて生きて行こう。むしろ、これからが大変なのだと励ました。そして、これまでのお前の苦労を慮って感謝の言葉をつらねた。虚《うつ》ろなお前の瞳が気になったが、私はお前たちを守る決意に懸命で、お前の体内に宿った病の兆しや脳裏に植えられた狂気の種にいまだ気付かなかったのだ。

6

久子よ、彼岸の風は優しいだろうか。お前が幼い子どもたちの手を引いて砂浜を駆けていた姿を思い出す。砂に足を取られて私の目の前で見事に転んだ日のことを。大声で笑った私を、子どもたちは怒って私に砂をかけた。お前までが一緒になって砂をかけたのだ。私は笑った罰として砂の上に横たわり、身体が隠れるぐらいにお前たちに砂を被せられた。

二人の初めてのデートの日のこともしきりに思い出す。私たちのデートの場所はいつも日曜日の学校だった。仕事にかこつけて学校へ行く。お前は二人分の弁当を作って来てくれた。だれかに見られるのではないかと、どきどきしながら職員室でおにぎりを食べた。お前の乳房に初めて触れた日のことは忘れない。お前は目元に涙をたくさん溜めて泣き出していた……。

久子よ、彼岸の風は冷たくはないか。あの世では息子の恵太や死んだ両親と会うこともあるのだろうか。彼岸の風は鎮魂の風であって欲しいといつも願っている。戦争は本当にひどかった。むごい爆風が吹いたのだ。

　私が入隊した防衛隊の正式名称は「M独立中隊」であった。中隊の下に六個の小隊が置かれ、さらに小隊の下に六個の分隊が置かれていた。行動は、それぞれ小隊ごとに行われることが多かった。また分隊は学校区や小字の人々が集まって隊を構成することが多かった。

　金武湾の海岸線に基地を置く海軍第二二震洋隊に合流したM独立中隊第二小隊は、四月の半ばに郷里への帰村が許されたが、このことは今考えると稀有なことだった。

　私たちは、米軍に占領された地域を、数日間を費やし、それぞれの郷里の村へ到着した。私が到着した後からも、数名の防衛隊員が到着した。彼らも私と同じように家族との再会を喜び、まだ終わらない戦いのために日々奮闘したのだ。

　私たち防衛隊員は村の数少ない男の働き手であったから、村人を守るために必死になった。五月に入るとヤンバルにおける組織的な戦いは終了していたが戦闘はまだ続けられていた。山中に身を潜めた兵士たちは、お国のために最後の一兵まで戦えと訓示されていた。私たちもまたそんな思いだった。正規の兵士として徴兵された村の若者たちや護郷隊として志願させられた若者たちは、なかなか帰って来なかった。

　私たちはそれぞれの家族だけでなく、父や母や兄を失った他の家族の面倒をも見なければならなかった。私も徐々に体力が回復すると、このことに尽力した。村人の避難誘導や食料の確保、また米兵の動きなど、山中に潜む村人同志で細心の注意を払って連絡し合い、また互いに協力し合った。

そのために、私たちの活動は兵士の行為であると誤解され、米兵の狙撃の対象になることもあった。また山中に潜んでいる友軍の兵士からはスパイ行為をしているのではないかと疑われることもあった。

私たちの山中での生活は厳しかった。乳呑児の恵太を喪ったが、父の恵蔵、母ウト、そして長女の信子、長男の恵一、そして私とお前の六人が頑張っていた。六人が力を合わせて一日一日を生きた。ただ、私は恵太を亡くしたお前にもう少し気を配っておけばよかったと後悔している。生き続けることに必死で、お前の悲しみに疎かった。お前の健気な姿を見て私は安心してしまっていたのだ。お前は、不自由な山中で子どもたちの世話をし、老いた両親の面倒をよく見てくれた。このことに対して感謝し過ぎることはない。

私は食料集めに必死の日々が続いた。時々、六歳になったばかりの信子がついてくることもあったが、信子や老いた両親は遠出はできなかった。私は暗闇に紛れて里に下りて芋を掘ったり、川エビや川蟹などを捕まえたりした。カタツムリも貴重な栄養源だった。桑の葉やツワブキの茎や木の芽も食べた。

私は防衛隊から帰って来るとまず最初に恵太の墓に手を合わせた。墓と言っても、みんながそうしたように、穴を掘って遺体を埋め土を盛っただけのものだった。当時はそんな墓のことを「土饅頭」と呼んでいた。その土饅頭があちらこちらにできていた。木の枝で覆いかぶせて日よけをしている土饅頭もあった。

埋葬した恵太の墓へ、お前が私の目を盗んで毎日のように出かけ、香を焚いて野花を手向けていることも知っていた。一人で出歩くことは危険だと戒めた私に見られぬようにと配慮した行為だった。私は見て見ぬふりをして黙っていた。

恵太は、生まれて一か月足らずの命だった。私は慌しく出征したので、恵太の顔を思い出すことさえ困難だった。もちろん、一枚の写真もなかった。私には恵太に対する愛情も乏しかったのかもしれない。一度きりで二度と恵太の墓を訪れようともしない私の行為は、お前には冷淡に写ったかもしれない。私は死者と向き合うよりも戦争と向き合っていた。生者と向き合い食料を集めるのに必死だったのだ。

パラオに渡った長兄の息子の亮太が、特攻隊員になるといって本土の予科練へ入隊する途中、父や私にあいさつに来たことがある。私が防衛隊へ召集される三か月ほど前だ。父も私もその甥っ子のことが気になった。山上からは、友軍機が米艦船からの砲火を浴びて、煙を吹きながら海上へ落下する機影を何度も見た。あのゼロ戦に亮太が乗っているのではないかと心配した。

父の恵蔵は日露戦争へ従軍した経験を持っていた。村からの最初の徴兵検査に合格したのだ。

日露戦争では乃木将軍の部隊に所属し旅順攻撃にも参加したという。それが自慢で旅順攻防のすさまじさを話すこともあった。しかし、そんな父にも山中での食料難は予想以上にきつかったのであろう。旅順の戦争の方がまだましだったと愚痴をこぼすことがあった。若いころには鰹船の船長をしていたという頑健な父だったが、老いた父は今ではやせ細り腰が曲がっていた。無理をさせることはできなかった。

日本兵による村内のS村での住民虐殺の噂が山中を飛び交った。食料を調達に里に下りた兵士たちが、村に潜んでいた那覇南部からの避難民とそれを匿っていた住民を虐殺したというのだ。理由は食料供出に応じなかったこととスパイ容疑だ。十数名の住民を一箇所に集めてその集団に手榴弾を投げたという。戦争とは悲しい出来事を次々と生む。住民も兵士も悲しい。住民には供出したくても供出できる食料はどこにもなかったのだろう。

しかし、この噂は私たちを震撼させるには十分だった。私たちは敵兵にも、味方の兵にも細心の注意を払わなければならなかった。

そんな噂が飛び交った数週間後だった。私とお前にも悪夢のような悲劇が襲ったのだ。覚えているだろうか。私は殺人者なのだ。正義を貫いたのだと言い聞かせてはいたが、殺人者のままで戦後三十三年間を生きてきたのだ。戦争での敵兵の殺人は罪にならないと自分に言い聞かせながら生き継いできたのだ。

恵太の死に続いて私たちの身の上に起こったこの悲惨な出来事が、お前の精神のバランスを著しく傷つけたことを知ったのは、お前を亡くした後だった……。

その日、私と父恵蔵が食料探しから戻るとお前の姿がなかった。小屋には母のウトと幼い信子、恵一が身を竦めて座っていた。ウトは、お前が食料を探しに出かけたと言ったが、私は恵太の墓へ行ったのだと直観した。同時に不思議な胸騒ぎを覚えたのだ。山中に避難しているとはいえ、里の村には米兵の姿が頻繁に見られるようになっていた。実際、村の様子を見に行って狙撃された村人も出ていた。

米兵だけではない。山中には日本兵も潜んでいる。日本兵は食料だけでない。米兵と同じように女にも飢えているはずだ。あれやこれやと考えると、私は不安に駆られてじっとしていられなかった。すぐにお前を迎えに小屋を出た。

不安は的中した。お前は二人の米兵の足元に横たわっていた。私の脳裏に、すぐに数週間前に夫婦が殺害されたあの光景が蘇ってきた。金武湾から帰村する途中で見た光景だ。妻は夫の前で強姦され、夫婦とも襤褸《ぼろくず》屑のように殺害されたのだ。

私は息を飲んで身を竦めた。冷や汗が流れた。お前は殺される。見つかったら私も殺される。殺さなければ殺される。私は必死だった。心臓の鼓動がドクドクと激しく音を立てた。辺りを見回す。米兵は他にはいない。私は持っていた鎌を腰から取り外した。強く握り締め、背後からそっと近づいた。

一人の米兵がお前に圧し掛かった。私は背後から一気に二人に襲いかかり、首を目掛けて鎌を振り下ろした。噴き出した血が私の顔を真っ赤に染めた。お前も泣きはらした目を大きく見開いて私を見つめていた。

二人の米兵は仰向けになり首筋から血を噴き出しながら息絶えた。お前は私の行為を見て激しく動揺していた。顔面を蒼白にして震えていた。私だってこんなことができるとは思ってもいなかった。私はお前を落ち着かせると、米兵の遺体を隠し、お前の手を引いて小屋に戻った。お前は何も言わなかった。もちろん、私も何も問わなかった。

私の脳裏には様々な不安が駆け巡っていた。不遜にもお前の身体に米兵の子が宿るのだろうかという不安もあった。同時に二人が殺されたことが分かると、米軍はすぐに報復するだろう。そんな恐れも沸き起こってきた。どうすればいいのだろう。私も大いに動揺していた。その動揺を必死に抑え込んで冷静になろうと努めた。

私は小屋に着くと、まず老いた両親と子どもたちに、ここは危険なのでもっと奥地へ避難地を変えることを告げた。もちろん理由は告げなかった。

思ったとおり、間もなく米軍が山中深く侵入してきた。行方不明になった同僚の遺体を発見し犯人探しの掃討戦が始まった。それに応戦する日本兵の散発的な銃撃の音も聞こえてきた。

村人は身を寄せ合ってさらに奥地へと避難した。

しかし、奥地へ行けば行くほどに食料の確保は難しくなった。さらなる飢えが村人や私たち家族を襲った。そのころになると、那覇南部から避難してきた人々も含めて、山中に避難している人々の間から栄養失調や急な病での死者が出始めた。

老母のウトが発熱して動けなくなった。私たちは薬を所持していなかった。私は山中に潜んでいる人々を訪ねて薬を所望した。しかし、だれも分けてはくれなかった。もしくは本当に持っていなかったのだろう。だれもが疑心暗鬼になり餓鬼になった。

私は諦め切れなかった。ウトが呻き声を発しながら額から汗を噴き出している。老いた母の苦しむ姿を見るのは忍びなかった。私は、少し遠出になるが里に下りて人家に忍び込んで薬を探すことを考えた。そして、このことを実行した。

気がついた時は目の前に数人の米兵が銃を構えて立っていた。一瞬、殺される。逃げようと思ったが、私は手を上げた。六月一日だった。私は山中にお前たちを残して、里で捕虜になったのだ。

7

久子よ、本当にすまなかった。私はお前たちを守れなかった。お前には心配ばかり掛けてしまった。お前に過重な負担だけを掛けてしまった。数え上げたらきりがない。お前の優しい心は、私が掛けた不安の数々に、もう耐えきれなくなっていたのだろう。

お前は私が数日経っても戻らないので米兵に殺されたと思い、気が動転したと聞く。私は米兵に捕らえられて尋問を受けていたのだ。もちろん、米兵を殺害したことは黙っていた。殺害した理由を言っても許されはしなかっただろう。戦場においては正当防衛などあり得ないことなのだ。正義の行為だって反転するのだ。

私が不在の数日間にも、お前にとっては新たな衝撃が襲っていた。病に倒れた母ウトが、ついに帰らぬ人となったのだ。お前と父は、またもや悲しみを堪えて母を埋葬したのだ。肝心なとき、私はいつも不在だった。本当にすまなかったと思う。息子恵太の死にも、母ウトの死にも私は立ち会えなかった。

米軍は、私の嘘を見破れず、米兵の殺害に関係ないと判断すると、私を利用することを思いついた。日本軍へ投降を呼びかけ、村人へ下山を呼びかける案内人に仕立てたのだ。私は躊躇したが、このことを承諾した。

ただ、大きな不安が一つあった。私が米兵の先頭に立って山中を案内している姿を日本兵に見られたら、私はスパイ扱いされるのではないか。そのために、お前や子どもたちや老父の恵蔵にまで被害が及んだらどうしよう。このことが頭をよぎったのだ。

私は教員になるために県立の師範学校を卒業したので、少しばかりは英語が聞き取れた。一週間ほど案内を続けたが山中の地形にも疎いことを告げ、不適切な案内人を装った。一生一代の演技だったが、米兵はまたもや私の演技に騙された。役に立たない案内人の私を、できるだけ多くの村人を説得し、速やかに下山することを強く言い添えて私を釈放してくれたのだ。

私はすぐにお前たちの元に戻り無事を確かめた。そして、捕虜になっている期間中に見聞した情報から、米兵の言うとおり、下山して捕虜になるのが得策だと考えた。山中で飢えて死を待つより、食料が豊富な米軍の元に下るべきだと考えたのだ。

私は、山中に身を潜めている村人たちにもこのことを告げた。山中に潜んでいるよりは、米兵の元へ下りて捕虜になるのが安全なのだと。何人かの村人は、私をスパイだと言って罵ったが、多くの村人は私の意見に同意してくれた。私たちは白旗を掲げて下山することにした。

その時、私はもっと用心しておけば、お前の異変に気付いたかもしれない。私がお前の異変に気付いたのは、村に戻り、お前が高熱を出して床に伏せてからだ。父は山を下りる際も盛んに目配せをして私にお前の異変を告げ、耳打ちをしてくれたが、私は気にしなかった。お前が精神を病んでいるなどということは、まったく考えられないことだったのだ。

下山をした私たちは、隣村の饒波《ぬはは》にある収容施設に入れられた。軍人でないことを確認し、身元や出身地を調べるためだった。その間、米軍は豊富な食料を惜しげもなく私たちに与えた。私たちは米軍が用意した食事にだれもがむしゃぶりついた。スープ、コンビーフ、クッキー、パン、肉、大豆、米、何でもあった。チョコレートやガムなどのお菓子も配られた。子どもたちは奇声を上げて米兵の回りに群がった。

二週間ほどで、私たちはそれぞれの村に帰ることが許された。郷里の家々は大半が焼けて消失していた。そんな中で、幸いなことに私たちの家は残っていた。私たちの家に、家を失った村の二家族が移り住んだ。どこもそうだった。被害に遭わなかった者が被害に遭った者に手を差し伸べた。そして、悲しむ間もなかった。村の復興はすぐに始めなければならなかった。生き残った者皆で力を合わせた。まず、食料を確保するために畑を整備して芋や野菜を植えた。それから樹を切り出し、材木を集め、茅を刈り、被害に遭った人々の家を建てることを始めた。簡素な家であったが、山中の避難小屋に比べれば十分に立派な家だった。

お前はそんな中でよく頑張ってくれた。老いた父や子どもたちの面倒だけでなく、移り住んできた二家族へも気を遣ってくれた。私たちは、山中で恵太を亡くしウトを喪った悲しみを十分共有することもなく、慌ただしく日々を過ごし、歳月を捲っていた。やがて同居していた二家族にも家ができて移っていった。

お前はそれからすぐに高熱を出して寝込んでしまった。私は山中でのウトの死を思い出してうろたえた。お前は何度もうわ言を言った。六歳の信子が心配してお前の傍らを一時も離れなかった。信子も高熱を出したウトの死を身近で見ていたから不安でたまらなかったのだろう。私には不憫でならなかった。

ヤンバルには病院があるわけではなかった。また、米軍からは村を越えて勝手に移動することを禁じられていた。山中での避難生活を終えて、村での暮らしが始まっていたが、戦争はまだ続いていたのだ。広島や長崎に原爆が投下されて終戦を迎える八月にはまだひと月余もあった。時には日本兵から米軍キャンプへの散発的な襲撃もあり、また、時には米軍は山に入り、日本兵の掃討戦を行い、投降を呼びかけていた。

お前のうわ言の幾つかを私は聞き取れた。断片的であったがその一つは私を心配してのものだった。米兵を殺したことがバレて私が捕らわれて処刑にされるという不安に駆られているように思われた。そしてもう一つは、激しく身体を揺すって抵抗しているように思われた。山中での米兵から受けた屈辱と穢れを、お前は身体を揺すって必死に振り落とそうとしているように思われた。

私は、お前が不憫でならなかった。そのまま手を拱いて見ているわけにはいかなかった。父と相談して米軍キャンプに行き、軍医を探して治療をしてもらうことを思いついた。お前は激しくそのことを拒否した。私たちの秘密がそれこそ露わになるのではないかと怖れたのだ。私は私自身の不安をも振り払って、米軍がキャンプを張っている奥間《おくま》の地に出かけて行った。

米軍の指揮官は、私の必死の願いを聞き入れてくれた。ひとときとはいえ、山中で道案内をした私の顔を覚えていたのだ。軍医と二世の通訳と一緒に、ジープに乗ってわが家に着いた。往路を歩いて二時間ほどもかかったのに、ジープではわずか十五分ほどの時間だった。

お前は、米軍軍医の往診に怯えたように身を竦めて拒否した。私はそんなお前を後ろから羽交い絞めにするように抱きすくめた。お前は大声で喚き、脚をばたつかせた。その脚を、その腕を私は必死に抑えた。お前の胸をはだけて、軍医に聴診器を当てさせた。白い乳房が目に映った。私はお前に生き続けてもらいたかった。私も必死だった。

軍医は、お前の頑なな態度を不思議がっていたが、終始笑みを浮かべて診察した。軍医に隠している事実を伝えるわけにはいかなかった。やがて軍医は首を横に振りながらキニーネという薬を渡してくれた。通訳が伝えるには、マラリアの症状だと思われるが、衰弱が激しく、脳に障害も出ている。あるいは手遅れかもしれないということだった。できるだけ栄養の多いものを食べさせなさいとも言い添えた。

父は、お前のためにと、朝早くから漁に出て魚を捕ってきてくれた。私は慣れない手つきで、魚汁や煮つけを作った。娘の信子も祈るような目つきで、私の傍らに立ち続けていた。

幸いなことにお前の熱は下がってきた。しかし、明確に奇異な行動が見え始めた。突然、身の回りの物を掴んでは私や父に投げつけた。軍歌を歌い、兵士のように足音を立て部屋の中を行進した。そして、時には口紅を塗り、頬に白粉《おしろい》いを塗って科《しな》をつくり、裾をはだけてふしだらなポーズを取った。何よりも食事を受け付けなくなった……。このことは、もうこれ以上書くことはやめよう。

信子も恵一もそんなお前の異変に驚いていた。私も驚いた。聡明で美しい女教師のお前は消え失せていたからだ。私はそんなお前をできるだけ人目にさらしたくなかった。また出歩いていると、日本軍の敗残兵に殺害されるかもしれない。米兵に拉致されるかもしれない。そんな思いから裏座に幽閉した。

しかし、お前は間もなく裏座の梁に帯を結び、自ら首を吊って死んでしまったのだ……。

お前のことを考えると、何もかもが後悔の連続だ。私の取った行動は正しかったのだろうか。三十三年が経った今でも悩みは消え失せない。私がお前を死に追いやったようにも思われる。私は殺人者なのだ。二人の米兵を殺害し、お前を殺したのだ。

私は、途方にくれた。膝を揃えて拳を握り、お前の死を看取っている老父や、しゃくりあげながら泣いている子どもたちを見た。私たちの戦後は始まろうとしているのに、お前は死んでしまった。無性に寂しかった。私も込み上げてくる涙を必死に堪えた。お前を逝かせたくないと思った。しかし、なす術がなかった。やがて私も子どもたちの傍らで声を上げて泣いた。

久子よ……、彼岸は寒くはないか。お前がたまらなく恋しくなるときがある。お前をたまらなくいとおしく思うことがある。そんなときは、お前を抱きしめる。お前の乳房を強く握る。私の愛撫に答えてくれたお前の息遣いが聞こえてくる。私の胸に柔らかい唇を当てたお前の髪の匂いが蘇ってくる。

私は、お前を亡くした後に、お前が書いた新婚時代の日記を見つけた。何度も取り出して、何度も読んだ。その度に涙が流れてきて、日記を頬にこすりつけ、唇を当てた。お前を呼び戻したいと、何度思ったことか分からない。お前の日記には、新婚時代の楽しかったことがたくさん書いてあった。二人の幸せの日々の記録だ。「辛いことは忘れればいい」「楽しいことだけを思い出せばいい」。それが、あのころのお前の口癖だった。

実は、私はお前が書いた日記の存在を知っていた。お前は一度だけ、私にその日記を読み聞かせてくれたことがあったからだ。覚えているか。お前は恥ずかしそうに笑みを浮かべ、声を震わせて、私の腕を枕にして読んだのだ。私たちの一年目の結婚記念日だった。

私はお前の弾力のある乳房に手を触れたが、「大人しくしなさい」と怒られた。「悪さをしたら読んであげませんよ」と腕を振り払われた。私はふてくされたふりをして、天井を見上げた。

お前の息遣いを身近で感じながらだ。私は幸せだった。世界一の幸せ者だと思った。

お前の日記は、長男の恵一が生まれた日以降はぷつんと途絶えている。子育ての忙しさの中で、日記を書くことができなくなったのだろうか。忍び寄る戦争の気配に日記を書くことを断念したのだろうか。それとも、書き続けていたけれど、残った日記はこれだけだったのだろうか。私たちの家は、戦争で焼失してはいなかったが、米兵に土足で荒らされていた。そのとき、他の日記は持ち去られたのだろうか。それとも、お前は唯一、私たちの新婚のころを記録した日記だけを持参して山に籠もり、そして持ち帰ったのだろうか。私には分からない。

私が日記を見つけたのは、セツを後妻に迎える際にお前の遺品を整理しているときだった。セツを迎えるためにお前との日々を清算しようと思ったからだ。それなのに、日記を見つけると、お前との懐かしい日々の記憶がどっと溢れてきた。遺品の整理さえできなかった。日記の存在を忘れていた自分が情けなかった。戦争は、幸せの記録も、幸せの記憶も全部奪っていくのかと怒りさえ覚えたものだ。

今年は戦争が終わって三十三年目だ。この三十三年間、セツのために何度か日記を焼却しようと思ったが、それができなかった。お前の日記は、いつの間にか私の宝物になった。生きることに辛くなって心が折れそうになるときは、お前の日記を読んで自分を励ました。生きるとは、かくも幸せなことなのだ。生きるとは、かくも美しい日々を織り成すことができるのだ。

そんな風に自分を励ました。その証拠がお前の日記だった。

それは私のためだけではない。子どもたちのためでもあった。成長する子どもたちに、いつの日か私と同じ幸せを味わって欲しいと思った。戦争という悲惨な日々の中で、埋没されてしまいそうになる幸せな日々を忘れたくなかった。忘れずに自分に刻むためだ。戦争がなければ、その幸せはきっと維持されていたはずだ。

一九四五年八月十五日、日本は降伏してあの忌まわしい戦争が終わった。山に籠もっていた日本兵たちも村に下りて来た。だれもが頬の肉が削《そ》げ落ちて痩せこけていた。無残な敗残兵であった。戦争の悲しい痕跡だ。彼らは自ら捕虜となるべく白旗を上げて米軍キャンプへ出向いて行った。村人のうちのだれかが米軍キャンプのある奥間の地まで案内することもあった。

村は徐々に活気を取り戻していった。外地からの引揚者や、日本本土からの帰還者が、それぞれの理由で村に戻って来た。それぞれの理由とは、その多くが戦争によって生み出された不可避の事情であった。例えば父親を戦争で喪い途方にくれて帰って来る家族、軍需工場で働いていたがその工場がなくなって帰って来る娘たち、日本の植民地であった東南アジア諸国からの引揚者たち、だれもが心に傷を負い、身体に傷を負っていた。沖縄玉砕の報の中で、だれもが再会を喜び、命を長らえたことを感謝していた。同時に、だれもがすぐに目前の日々の暮らしに困ったのだ。家もない。畑もない。働き手もない。多くのものを喪っていた。

村が徐々に活気を取り戻していくなかで、私にも困ったことが明確になっていった。二人の幼い子どもたちの養育である。娘の信子はしっかりしているとはいえ、まだ六歳になったばかりだ。恵一は三歳だ。母親が恋しく手のかかる年齢だった。私と老父の恵蔵が二人の子どもの食事や身の回りの世話をしていたが限界があった。私は人手不足になった村役場職員の採用に応じて仕事を始めていた。四六時中、家にいるわけにもいかなかった。また二人の世話を老父に押し付けるわけにもいかなかった。

私は二人の子どもの世話をしてくれる母親代わりの女性を雇いたいと思った。父に相談すると、父もそのことを考えていたとして即座に了解してくれた。それだけでなく、私にすぐに再婚を勧めた。既に決めた女性がいるというのだ。

私は苦笑した。再婚したいという気持ちはほとんどなかった。子どもが手のかからなくなるまでの数年間の養育のことだけを考えていた。そう言うと、父は笑ってそれでもいいと了承してくれた。

父の勧めてくれた女性がセツだった。この縁を取り持ってくれた父にはとても感謝している。セツは、父の幼なじみの友人の息子の嫁だったが、戦争で夫を亡くしていた。当時、私は三十歳、セツは二十三歳だった。

8

　久子よ、お前がセツのことをどれだけ知っているか分からないが、セツのことを少し書いておこう。セツも私たちと同じく、この村で生まれ、この村で成長したのだ。そして、私たちと同じように、戦争で人生が狂わされたのだ。

　セツは、沖縄戦が始まる前の一九四一年、家族でパラオに渡った。その数年後、同じように郷里から単身でパラオに渡った喜屋武《きゃん》征夫《まさお》さんと恋仲になり結婚した。しかし、戦争はそんな新婚の夫婦にも容赦はしなかった。征夫さんの元に、すぐに召集令状が届いたのだ。

　二人で様々な思いを克服しながら結婚し、夢を紡ぐスタートラインに立ったと思ったら、すぐに夢は摘み取られたのだ。二人は、どんなにか悔しかったことだろう。考えただけでも無念さは手に取るように分かる。それも、すぐに永遠の別れがやってきたのだ。

　セツは、征夫さんだけでなく、家族の全員をパラオで亡くしている。独りぼっちで途方にくれながらジャングルでの避難生活の中で終戦を迎える。セツが一人パラオの地でどのような戦争体験をしたか、その日々を、セツは今日までも全く語ってくれない。

　戦後、セツは引き揚げ船に乗って、故郷へ帰って来た。結婚したばかりの夫の実家に住み、舅姑の世話をするためだ。嫁ぎ先の両親は、セツの将来を心配して私の父に相談した。私がお前を亡くして困っていることを見越しての相談だった。父にとっては願ってもないことだった。父はすぐに私へセツを紹介したのだ。

征夫さんの両親は、当初、セツが自分たちの元でその後の一生を終えたいという思いを聞いて、感激して喜びを隠さなかったという。なぜなら、セツは次男の嫁だが、長男、三男ともまだ嫁を貰っていなかったからだ。出征した二人の息子が戦地から戻って来たら、どちらかの嫁としてセツを迎えたいとの思いがあったのだ。親の勝手な願いだが、両親は二人の帰還を首を長くして待っていた。

しかし、二人の息子は帰って来なかった。両親の元に届いたのは、二人の戦死公報だ。両親は愕然として戦争を呪い、運命を呪ったという。それでも気持ちを奮い起こして、セツを他家に嫁がせることを決意したというのだ。

セツは、わが家にやって来ると、信子や恵一をとても可愛がってくれた。二人とも寂しかったのだろう。セツにすぐに懐いてくれた。セツは二人の子どもだけでなく、私と祖父の身の周りにも気を配ってくれた。

当初は二人の子どもの世話をしてくれればいい、私や父の代わりに食事を作ってくれればいいと思っていたが、そんな思いは、だんだんと変わっていった。信子や恵一の笑顔を見ると、二人の母親になってくれればなおいいと思うようになった。セツは私のその思いに応えるように、いつのころからか嫁ぎ先の実家ではなく、信子や恵一の傍らで添い寝をして朝を迎えることが多くなっていた。

私は戦後、教師の道に再び戻る決意はできなかった。あんなにも望んで教職に就いたのに、再び教壇に立つことが恐ろしかった。戦争の責任は教育にもある。そのように批判されたが、そのとおりだと思った。国家の教育に携わったのは私たち教師一人ひとりなのだ。

お前と出会ったのも教師という仕事が縁であった。国家の果たす役割のなんたるかも疑わずに楽しい日々を過ごしたのも教師という仕事に就いたお陰だった。やりがいも感じていた。郷土で勉学に励む幼い子弟に希望も託していた。

しかし、私たちは戦争についてもっと考えるべきだった。戦争がもたらす不幸について、もっと目を向けるべきだった。国家が賞賛する理想の世界にのみ、心を奪われてしまったのだ。

その報いを受けるかのように、お前は精神を病んで死んでしまった。他人はともかく、私は、私たちが聖地と呼び、聖職と呼んだあの場所には、もう戻れなかった。そんな思いは、役場職員として就職したものの、決して管理職には就かないという決意に繋がった。それが私が教師として犯した罪へのささやかな対処の仕方だった。

父にセツとの結婚の決意を告げると、したり顔をして喜んだ。セツとのささやかな祝言を催した翌年、父は安心したかのように息を引き取った。私の名を呼び、山中で亡くした妻ウトの名を呼び、私の手を握って絶命した。戦争に翻弄された父の七十年余の早すぎる人生の終焉であった。

久子よ、お前の自慢の実弟修一のことも少し書いておこう。お前の実家は同じヤンバルではあったが、私の村から数十キロ余も離れた桃原《とうばる》という村にあった。那覇や南部との交易もできる港を有した豊かな村で、裕福な人々が多かった。お前の実家も村人からはウフヤー（大きな家）と呼ばれるほど豊かな暮らしをしていた。貧乏な漁師の息子の私が、ウフヤーの娘を嫁にしたと羨ましがられたものだ。

お前は六人姉弟の四番目だった。お前の自慢は、唯一の弟修一のことだった。修一は両親の自慢の息子でもあった。体格もがっしりしていて、目鼻たちも凛々しく、言葉遣いも丁寧で、義兄の私からみても自慢したいほどだった。修一は東京で学び、戦争当時、近衛兵に抜擢されていた。望んでその職に就いたのだ。

久子よ、辛い知らせになるが……、修一は東京空襲で死亡していたのだ。修一の戦死の公報が届いたのは戦後になってからだが、お前の両親の嘆きは尋常ではなかったと聞いている。唯一の跡取り息子を喪ったお前の実家は、戦後の激動の時代の中で、かつての輝きを徐々に喪っていった。四人の姉妹たちの嫁ぎ先でも不幸が重なり、両親は心を痛めたようだ。東京からは、修一と一緒に暮らしていたというお嬢さんがやって来たことがある。自分が添い遂げる決意をした男の故郷を一目見たいという思いからのものだったようだ。どのようなあいさつを交わしたかは定かでないが、お前の両親の無念さは一層増したと思う。しかし、もうどうしようもなかったのだ。

戦後、お前の村の近くに米軍のキャンプ地ができた。このことも原因の一つになって、お前の実家では不幸なことが次々と起こった。土地を取り上げられ農業ができなくなった。お前の妹は米兵の嫁になったが……。米軍に占領された沖縄では、戦後もまた、むごい日々が続くのだ……。

久子よ、お前の三十三年忌は、セツの働きもあり、滞りなく終えることができた。言い添えておくが、山中で亡くした息子の恵太と一緒の三十三年忌になった。お前にとっても望ましいことだろう。

娘の信子も恵一も元気だ。私は孫たちに囲まれてお前の分まで幸せを味わっている。またセツとの間にも子どもが生まれた。敏子と和行と名付けた。二人とも健康で丈夫に育っている。私を優しく労わってくれるし、信子や恵一とも仲良くしている。とても嬉しいことだ。

今では、私たちを襲ったあの戦争が嘘のようだよ。夢の中の出来事のように思われる。一つ一つの悲惨な記憶も剥がれてい君だ。ひょっとしたら、あの戦争はなかったのではないかとさえ思えてくる。記憶が消えるのだ。思い出せなくなっているのだ。私は米兵を殺したことなんかない。あの日はなかった。そんなふうに思われるんだよ。このことは恐ろしいことだ。

この手記は、記憶がすべて消えてしまうのではないかという不安もあって書き出したものだ。お前へのラブレーターになったのではないかと恥ずかしくもなる。しかし、これが私の偽りのない気持ちだから、素直に書き留めておく。

手記を書きながら、三十三年忌を機に、お前の日記を焼却したいと思ったのだが、やはりどうしても焼却できない。しばらくはこの手記と一緒に封入しておく。手記と日記をあの世へ旅立つ際のチトゥ（お土産）にしてくれとセツに言ったら、セツは怒るだろうか。

さようなら、久子……。

一九七八年六月一日　與那城恵助

9

私は、恵助さんの手記を読み終え、静かにノートを閉じた。たくさんのことを教えてもらった。運命に翻弄されながらも、自らの生き方を全うすることの大切さを学んだ。人を愛すること、家族を守ること、幸せということ、国家のあり方、そして、戦争の残酷さなどについて考えさせられることは多かった。

読み終えて一週間ほど経った後、私は恵助さんの手記を返却し、お礼を述べるために敏子さんの家を訪ねた。敏子さんはクラシック音楽を聴きながらコーヒーを飲んでいた。モーツアルトの交響曲第四十番だという。そのままにして上がらせてもらい、一緒に聞かせてもらった。

敏子さんが、恵助さんやセツさんの命を引き継いで今ここにいる。このことが、なんとも不思議な感じがした。奇跡のような気がした。私もそうだ。私の父もパラオでの戦火を潜って奇跡の生還を果たしたのだ。そして私が今、ここにいる。命のバトンは数々の奇跡によって引き継がれているのだ。

敏子さんの好意を素直に受けてコーヒーとクッキーをご馳走になった。手記を借りたお礼をたくさん述べなければと思ったのだが、なかなか言葉が出てこない。やはりあの時代ではなく、この時代に私たちが生きていることとの不思議さを思った。この場所で敏子さんに出会ったことも不思議だった。この地で、多くの人々が死んだのだ。

手記に登場してくる人々のみんなが、いとおしかった。そんな感想を敏子さんに細切れに伝えた。敏子さんは笑顔でうなずいた。

「私は、母が大好きでした。母は真っ直ぐな人でしたから」

「真っ直ぐな人？」

「ごめんなさい。えーと、人を愛することが好きな人でした」

「そうですねえ」

「前を向いて、自分の心に素直に生きることのできた人だと思います。不器用ではありましたが、父のことを精一杯愛したと思います。久子さんの残した二人のお子さんも深く愛していました。私たちもまた愛されました」

「ええ、そうだと思います。きっとそうでしょう。お父さんの手記からの印象ですが、私にもそんなふうに思われます。でも、よくこの手記が残っていましたね」

「ええ、私もそう思います。この手記を読んでから、先妻の久子さんの日記もどこかにあるのではないかと探したのですが……、ありませんでした。私は父ではなく、母が焼却したのではないかと思うのですよ」

「ええっ、どうしてですか？」

「母は、父を深く愛していましたから」

「……」

「父を、独り占めにしたかったのではないでしょうか」

敏子さんは、そう言って笑った。両親のことを話すのが嬉しくてたまらないような笑顔だ。

「母は、久子さんの日記があるのが邪魔だったのでしょう」

「邪魔？」

「ええ、父を愛するのに」

「……」

「たぶん日記や手記は、父が死んだ後に母が見つけて、置いていたのだと思います」

「そうですね……」

「父と母は、とても仲良しだったのですよ」

「そうですか……、いやそうですよね」

「慌てて訂正しなくてもいいですよ」

敏子さんは、私を笑顔で冷やかした。私は、小さな動揺を隠すようにコーヒーカップに手をやった。私の手の甲や手首には老斑が見える。皺寄って血管が浮かび上がっている。もう隠しようがない。隠す必要もないのだ。還暦を過ぎて、すでに数年が経った。敏子さんの手の甲を、そっと盗み見る。

「母は、戦争で亡くなった前の夫の征夫さんのことは何も教えてくれなかったのですよ。父が死んだ後も、パラオでの征夫さんとの生活のことは、全く話してくれませんでした」

「そうですか」

「母もまた、父に独り占めにされたかったのだと思います」

「おあいこですね」

「そうですね」

敏子さんは、大きな笑顔を作ってうなずいた。

「でもね、一つだけ母の秘密を知っていますよ」

「ええっ？　なんですか、それは」

「それはね……、ツツジの花です。あなたが美しいと言ってくれたツツジの花の秘密です」

「ええっ？　なんだろう」

「実は、ツツジの花は、前の夫の征夫さんが大好きな花だったそうです」

「ええっ？　そうなんですか……」

「もちろん、父が亡くなってから母が植えたのです。母は、そーっと私に教えてくれたのです。あの人は花が好きだったって」

「そうですか……」

「父にも母にも、生き続けるには様々な理由や秘密があったのでしょうね」

「そうですね、それは……、時としてツツジの花のように秘められたままで閉じられる。教えてもらうまでは、だれにも分からない。だれにも見えない」

「ええ、教えてもらえなければ、永遠に秘密のままです……。でも私はそれでいいのだと思います。無理に秘密を話す必要はない。ツツジの花のように、自ら開花するまで、周りの人は待っておけばいい。だれにも知られなくても、きっと土からの栄養も水も、いっぱい吸って美しい花を咲かせてくれるような気がします」

「そうですね、それはいい考えですね」

私は、大きくうなずいた。セツさんにとってツツジの花は、恵助さんが久子さんに寄せる手記のようなものではなかったか。恵助さんの手記を読んだ後、亡くなった。征夫さんに寄せる思いをセツさんはセツさんなりの方法で残そうとしたのではなかったか。

「いろいろなんですねえ」

「えっ？　何がですか？」

私の小さなつぶやきを敏子さんに聞かれた。私のつぶやきは、久子さんやセツさんのことを考えて発せられたものだった。生きることには美しい理由がある。すべての人々に秘められた理由がある。そう思ったのだ。だれもが、秘められたままに終わるツツジの花を一本ぐらい持っていてもいいのではないか。一本の苗を育ててもいいのではないか。心の中で美しい花を咲かせるツツジの花を……。

私は、故郷での戦争体験の聞き取りを始めてから、少しずつ少しずつ、私自身が変わっていくように思われた。命をいとおしく思い、優しい心を持てるような気がしていた。戦争で最愛の人を亡くした遺族は、亡くした死者と共に生きている。死者と共に歳月を積み重ねている。

これも生きる方法のように思われる。生きることの意味も、なんだか少しだけ分かったような気がする。

「私の亡くなった母は、来年三十三年忌を迎えます」

「そうですか……」

「三十三年忌には、母が好きだった花を庭に植えようかと思います」

「そうですね、それは素晴らしいことです。思い出せる人がいるということは、とてもいいことだと思います」

「ところが……」

「何ですか？」

「母が好きだった花が思い出せないんです」

私は苦笑しながら頭を掻いた。私は母のことを何も見ていなかったのだ。何も分かっていなかったのだ。今はどうだろう。妻や娘たち、周りの人々の姿が見えているだろうか。

敏子さんが笑みを浮かべながら、私を励ましてくれた。

「お母様が好きだった花を思い出そうとする日々も、また素敵ではありませんか。お母様はきっと喜ばれると思いますよ」

「そうですね。ゆっくりと」

「そうです。ゆっくりと、少しずつです。懐かしい日々を味わいながら……。まだまだ時間がありますよ」

敏子さんが今度は声を上げて笑った。私もうなずいた。

目の前に、母の優しいしぐさや笑顔が浮かんできた。妻や娘の笑顔も浮かんできた。私は、幸せな気分になり庭のツツジの花に目をやった。敏子さんにも秘密があるのだろうか。なぜ一人で暮らし続けているのか。大切な秘密であって欲しかった。

私は、妻の住む嘉数に戻り、那覇近郊在住の郷里の先輩たちの戦争体験の聞き取りを開始したいと思った。そして聞き取った証言をまとめた本のメーンタイトルを『奪われた物語』とすることに決めた。

「あの……」

二人、同時だった。

「そちらからどうぞ」

「いえ、そちらからどうぞ」

私たちは笑みを浮かべて譲り合った。

「玉城さんの窯を、一緒に訪ねてみませんか。玉城さんご夫妻も喜ばれると思いますよ」

敏子さんの言葉に、私は全く異存がなかった。ヤンバルを離れるに際して、このことをお願いしようと思ったのだ。

　コーヒーカップを持ち上げて、色合いを確かめた。そしてまだ会ったことのない玉城さんご夫妻の山での生活を想像した。山や海や土地の精霊たちが、私たちを応援しているように思われた。庭に再び目をやる。ツツジの花は、以前にも増して鮮やかに私の目に映っていた。

〈了〉

大城貞俊
（おおしろ・さだとし）
一九四九年沖縄県大宜味村生まれ。元琉球大学教授詩人・作家。

受賞歴
具志川市文学賞、
沖縄市戯曲大賞、
文の京文芸賞、
九州芸術祭文学賞佳作、
山之口貘賞、
沖縄タイムス芸術選奨（小説）大賞、
やまなし文学賞佳作、
さきがけ文学賞など。

主な著書
評論『沖縄戦後詩史』（編集工房・貘）、
小説『椎の川』（朝日新聞社）、
『アトムたちの空』（講談社）、
『G米軍野戦病院跡辺り』（人文書館）、
詩集『或いは取るに足りない小さな物語』（なんよう文庫）など。
近著に『カミちゃん、起きなさい！生きるんだよ。』（インパクト出版会）

六月二十三日　アイエナー沖縄

二〇一八年八月六日　第一刷発行

著者……大城貞俊

企画編集……なんよう文庫（川満昭広）

〒九〇三-〇八二一　沖縄県那覇市首里儀保二-四-一A
E-mail:folkswind@yahoo.co.jp

発行人……深田卓

発行……インパクト出版会

〒一一三-〇〇三三　東京都文京区本郷二-五-一一　服部ビル二階
電話〇三-三八一八-七五七六　ファクシミリ〇三-三八一八-八六七六
E-mail:impact@jca.apc.org
郵便振替　〇〇一一〇-九-八三一四八

装釘……宗利淳一

印刷……モリモト印刷株式会社

ISBN978-4-7554-3002-2 Printed in Japan